LOIN DE LA MER ET DES VAGUES

Pierrette Champon - Chirac

LOIN DE LA MER ET DES VAGUES

Roman

Toute ressemblance avec des personnes ayant existé ne serait que pur hasard.

© 2024 Pierrette Champon - Chirac

Édition : BoD · Books on Demand GmbH, In de Tarpen 42,

22848 Norderstedt (Allemagne)

Impression : Libri Plureos GmbH, Friedensallee 273,

22763 Hamburg (Allemagne)

ISBN : 978-2-3225-4352-6

Dépôt légal : Octobre 2024

À Jacques et Diane

en souvenir d'un séjour dans le Réquistanais

Chapitre 1

Le départ

Jacques avait accepté avec un enthousiasme à peine voilé la proposition de son amie Diane de venir passer quelques jours dans l'Aveyron. Ce département, niché au cœur du sud de la France, lui était encore totalement inconnu.

Jacques, habitant Brest, était un Breton pure souche, façonné dès ses premières années par les caprices de la mer. Dès son plus jeune âge, il avait appris à apprivoiser les éléments, s'émerveillant des vagues qui, les jours de tempête, venaient s'écraser avec fracas contre les rochers escarpés. La mer était pour lui plus qu'un simple horizon ; elle était une présence constante, une muse, un repère. Son enfance avait été bercée par le chant des mouettes et le grondement sourd des vagues, un fond sonore omniprésent qui, sans qu'il s'en rende toujours compte, l'apaisait profondément.

L'air salin, chargé de l'odeur pénétrante de l'iode, avait nourri son âme autant que son corps. Ce mélange de vent et de sel, de ciel gris et de marées capricieuses avait fait de Jacques un homme robuste, à la santé de fer, mais surtout, un homme profondément attaché à son littoral natal. La mer, avec ses humeurs changeantes, l'avait forgé, le poussant à devenir fort face aux aléas de la vie. Elle avait ce pouvoir d'apaiser ses tourments, de faire écho à ses joies comme à ses peines.

Ainsi, l'idée de quitter cet univers familier pour s'aventurer loin de l'océan éveillait en lui une curieuse sensation de vertige. Se rendre dans l'Aveyron, un pays dont il ignorait presque tout, c'était s'arracher à ce qui avait toujours été son port d'attache. Il savait que là-bas, dans les terres, la mer lui manquerait. Loin du roulis incessant des vagues et du cri perçant des goélands, serait-il capable de trouver le même apaisement, la même sérénité ?

Diane, quant à elle, avait parlé de cette région avec des étoiles dans les yeux. Originaire de Réquista, un gros bourg presque une petite ville, niché entre vallées et plateaux, elle lui avait longuement vanté les paysages enchanteurs, les forêts mystérieuses et les chemins de randonnée infinis qui composaient l'Aveyron.

– Tu verras, Jacques, tu y trouveras une beauté sauvage qui n'a rien à envier à celle de la mer, lui avait-elle assuré.

Mais pouvait-on vraiment comparer la terre et l'eau ? L'une immuable, solide, rassurante et l'autre indomptable, mouvante, à la fois menaçante et protectrice.

Alors qu'il préparait son départ, une autre pensée traversa l'esprit de Jacques. Son frère aîné l'avait invité à participer à une régate, un événement auquel il tenait particulièrement. Ils avaient toujours partagé cette passion pour la navigation, et chaque régate représentait un moment fort de leur relation fraternelle. Savoir qu'il devait choisir entre cette aventure en mer, au milieu des vents et des vagues et le séjour proposé par Diane, éveillait en lui un dilemme cruel. D'un côté, il y avait l'appel irrésistible du large, cet horizon infini qu'il connaissait si bien, de l'autre, l'invitation de Diane à découvrir une autre facette de la France, une terre d'histoire et de mystères, une terre qui l'avait, elle aussi, façonnée.

Dans son esprit, les deux mondes s'opposaient. D'un côté, l'océan, avec sa force brute, son immensité indomptable. De l'autre, la terre, cette promesse de stabilité, de racines profondes et de découvertes intérieures. Jacques s'interrogeait : ce voyage loin de la mer serait-il une trahison envers ses origines ? Ou au contraire, une opportunité de se reconnecter à une autre nature, plus calme, plus douce ?

La décision n'était pas simple. Le cœur de Jacques balançait entre la régate et ce voyage en Aveyron, entre la mer et la terre. Mais au fond de lui, une petite voix lui soufflait que peut-être, l'éloignement temporaire de l'océan pourrait être une expérience enrichissante. Peut-être que, loin du bruit des vagues, il découvrirait une autre forme de silence, celui des forêts et des montagnes, tout aussi apaisant, tout aussi puissant. Et puis, il y avait Diane. La perspective de passer du temps avec elle, dans cette région qui lui tenait à cœur, le séduisait plus qu'il ne voulait l'admettre.

Après tout, chaque voyage est une aventure, et qui sait ce que l'Aveyron lui réservait ? Pierrette au courant du dilemme ferait de son côté, son possible pour qu'il n'ait aucun regret.

Jacques avait quitté Brest la veille, laissant derrière lui le port bruissant et les effluves salés de la mer d'Iroise, pour se rendre chez Diane, à Landrellec, un petit havre niché dans les Côtes-d'Armor. Cette région, réputée pour ses paysages sculptés par le vent et la mer, offre une nature sauvage et indomptable. La côte de granit rose, avec ses rochers aux teintes changeantes selon la lumière, était le cadre rêvé pour des balades, mais aujourd'hui, une autre aventure les attendait.

Le vendredi 9 août au matin, l'air breton était encore frais, chargé de cette humidité douce et vivifiante. Le couple prenait la route, le coffre de la voiture soigneusement rempli de bagages, de provisions et de tout le nécessaire pour Tartine, fidèle golden retriever, confortablement installée sur la banquette arrière. C'était la première grande expédition pour la chienne, qui, les oreilles dressées et la truffe frémissante, semblait pressentir l'aventure d'un long périple de près de 1000 kilomètres. Un véritable marathon canin, surtout avec la chaleur qui les attendait en Occitanie.

Tout avait été pensé pour elle. Dans les bagages, des bombes d'eau réfrigérantes prêtes à être dégainées à chaque pause, un petit luxe indispensable pour la transition brutale des 20°C tempérés de Bretagne aux 33°C suffocants du sud. Le mois d'août baignait déjà la région Occitanie dans une chaleur écrasante, et Jacques, soucieux du bien-être de Tartine, veillait au moindre détail pour éviter le moindre coup de chaud.

Les premières heures de route furent marquées par la monotonie des longues autoroutes, avec leurs rubans de bitume s'étirant à perte de vue. Rennes, Nantes, Bordeaux, Toulouse… autant de grandes villes que la voiture traversait presque machinalement, tandis que le regard de Jacques se perdait parfois dans le rétroviseur, observant Tartine somnoler sous le ronronnement régulier du moteur. Puis, enfin, Albi apparut comme une porte d'entrée vers une autre dimension. Ils quittaient le béton et les panneaux d'autoroute pour attaquer la départementale.

À ce moment-là, le paysage se transforma. Ils plongèrent dans une véritable oasis de verdure, où les champs fraîchement moissonnés laissaient une odeur de paille sèche et de terre retournée. Des bosquets touffus bordaient la route, formant par moments de véritables tunnels naturels et, dans les pâturages voisins, des brebis à la laine épaisse paissaient paisiblement, produisant ce lait généreux, promesse d'un Roquefort onctueux.

À chaque virage, le panorama se métamorphosait. Au sommet des côtes, ils découvraient des vallées ondulantes, des collines mordorées qui s'étendaient jusqu'à l'horizon, parsemées de fermes isolées, comme des îlots perdus dans une mer de champs. Les vastes étendues de cette terre, baignée de soleil, semblaient s'étirer à l'infini, tout en évoquant une impression d'intemporalité.

Pour Diane, qui connaissait bien ces contrées, ce défilé naturel n'avait rien de surprenant. Elle savourait chaque instant, tout en jetant parfois un regard complice à Tartine, qui observait avec curiosité le paysage mouvant. En revanche, Jacques, plus habitué aux horizons maritimes et à la promesse de l'océan au bout du chemin, sentait poindre une légère inquiétude. Il guettait, à chaque virage, l'apparition improbable de la côte, espérant voir soudain l'immensité bleutée de la mer. Mais en vain. Ce n'était que verdure, encore et toujours. Une mer de champs, oui, mais aucune vague ne venait caresser cet horizon terrestre.

Alors qu'ils avançaient, le sentiment d'être totalement immergés dans ce paysage rural, loin du tumulte des grandes villes, grandissait. Chaque arbre, chaque bosquet semblait murmurer sous la brise chaude de l'été et Jacques comprit qu'ici, ce n'était pas l'appel du large qui guidait, mais celui de la terre, riche et généreuse.

Chapitre 2
L'arrivée à Réquista

Vers 18 heures, la voiture s'efforçait de se frayer un chemin à travers une vaste place en plein chantier, transformée en un véritable labyrinthe de pelleteuses et de monticules de gravats. Ce projet de rénovation ambitieux avait été entrepris en raison de la pente marquée de cette place, cause principale des torrents d'eaux pluviales qui s'écoulaient en contrebas, inondant régulièrement la station d'eau locale. Le problème, qui avait longtemps été négligé, imposait désormais des mesures drastiques : réduire la surface bitumée, installer des systèmes de drainage sophistiqués et favoriser l'infiltration naturelle des eaux dans le sol pour prévenir ces ruissellements destructeurs.

Cela faisait des mois que la situation avait pris une tournure infernale pour les riverains, et plus particulièrement pour Pierrette. Sa maison, non loin de la zone de travaux, était devenue quasiment inaccessible en voiture. La vieille dame, autrefois si indépendante, se retrouvait souvent à se débattre pour sortir son véhicule du garage, emprisonné par les déviations imposées par les travaux. Ses plaintes, lancées avec exaspération, devenaient de plus en plus fréquentes et désespérées.

– Quand est-ce que tout cela va enfin se terminer ? s'indignait-elle, le visage marqué par l'épuisement.

Pierrette n'avait de cesse de recenser les malheurs qui s'étaient abattus sur elle depuis le début de ce chantier interminable. Les incidents s'étaient enchaînés à un rythme déconcertant. Tout d'abord, des ouvriers avaient malencontreusement bouché les canalisations lors de travaux de terrassement, provoquant une inondation dans son sous-sol. L'eau avait envahi la pièce avec une telle rapidité qu'elle n'avait pas eu le temps de réagir, et la perte de certains objets entreposés dans la cave avait été un coup dur. À cela s'ajoutait le fait qu'elle n'avait su comment gérer cette catastrophe auprès de son assurance pour obtenir une indemnisation.

Puis, un nouvel épisode chaotique survint lorsque les câbles électriques de son portail furent sectionnés. Le portail motorisé, si pratique jusque-là, se retrouva bloqué en position fermée, et Pierrette dut se résigner à le manipuler manuellement pendant des semaines, chaque jour devenant une épreuve pour ses bras fatigués. Ce simple geste, autrefois mécanique, s'était transformé en un véritable cauchemar, lui rappelant sans cesse l'étendue des dégâts causés par ces travaux.

La série noire continua lorsque les ouvriers, cette fois en charge de l'installation de gouttières pour mieux canaliser les eaux de pluie, causèrent d'autres dommages. En reliant les chéneaux aux systèmes d'évacuation, de nouvelles fuites se formèrent, créant encore des points d'infiltration dans le sous-sol déjà fragilisé. Résultat : de nouvelles flaques d'eau se formaient chaque fois qu'il pleuvait, rendant la situation encore plus insupportable. Pierrette dut se résoudre à acheter un aspirateur à eau, un investissement utile pour remplacer la serpillière avec laquelle elle s'échinait depuis des jours.

Ce soir-là, Jacques parvint finalement à trouver une place devant la maison. Après des mois d'allers-retours stressants dans cette rue encombrée par les camions et les engins de chantier, il put enfin garer la voiture sans difficulté. L'espace dégagé représentait une victoire éphémère dans ce chaos permanent, mais Pierrette savait que tant que les travaux n'étaient pas terminés, l'accalmie ne serait que de courte durée.

Pierrette, impatiente et le cœur battant, attend fébrilement sur la terrasse, ses mains s'agitant discrètement sur le rebord de la table soutenant un palmier offert par son fils Erick. Elle scrute le portillon et l'allée ombragée qui mène à sa maison, guettant l'arrivée de ses invités. Enfin, elle aperçoit au loin la silhouette de la voiture de Jacques qui ralentissait avant de s'immobiliser dans un crissement léger. Son visage s'illumina d'un large sourire.

– Bonjour Jacques ! lance-t-elle en allant au-devant d'eux pour les accueillir. Vous avez bien roulé ? À quelle heure êtes-vous partis ?

Jacques, un homme d'une cinquantaine d'années, descend en s'étirant légèrement avant de répondre, amusé :

– Vers 8 heures environ, avec quelques arrêts indispensables. Tu sais, la route est longue, et il faut bien se dégourdir les jambes de temps en temps.

Diane, qui vient d'ouvrir la portière du côté passager, sort à son tour, tenant fermement la laisse de sa chienne au pelage blanc luisant et aux yeux expressifs.

– Bonjour ma fille, dit chaleureusement Pierrette en se penchant légèrement pour tapoter la tête de l'animal. On va voir comment elle va se comporter dans ma maison. Normalement, il ne devrait pas y avoir de problème, j'espère juste qu'elle s'entendra bien avec Phanie, ajouta-t-elle en jetant un coup d'œil vers l'intérieur.

Phanie, fidèle Cavalier King Charles, au caractère parfois ombrageux, avait déjà pris la poudre d'escampette dès que l'odeur du « nouvel arrivant » avait empli la pièce. Elle s'était réfugiée dans la chambre, la truffe frémissante, analysant les odeurs intrigantes qui flottaient dans l'air.

– Pas de problème, répond Diane avec un sourire, il faudra bien qu'elles cohabitent le temps de notre séjour, hein ?

Pierrette hoche la tête, les mains sur les hanches, avec une expression à mi-chemin entre la résignation et l'espoir. Elle prend un ton enjoué pour alléger l'atmosphère :

– Viens Jacques, je te montre ta chambre. Diane, tu connais la tienne. Prenez le temps de vous installer tranquillement, je vais vous préparer un petit apéro. On se retrouvera dehors sous le catalpa, il fait une ombre parfaite pour un verre bien frais.

Elle leur fit signe de la suivre, ouvrant grand la porte d'entrée qui grince légèrement. Une douce odeur de cire d'abeille flotte dans la maison, mêlée aux parfums du jardin tout proche. Pierrette les guide à travers le couloir carrelé jusqu'à leurs chambres respectives.

Dehors, les rayons dorés du soleil de cette fin d'après-midi commencent à se tamiser à travers les larges feuilles du catalpa, offrant une promesse de moments paisibles à venir, entre rires partagés et discussions animées.

Pierrette avait insisté pour qu'ils arrivent ce vendredi soir, afin de participer à l'événement annuel incontournable : le repas de l'agneau organisé par l'association "Fête de la Brebis". Chaque année, à la même époque, début août, cette association organisait un grand festin convivial, entièrement dédié à la mise en valeur des produits du terroir, dans cette région où l'élevage de la brebis régnait en maître. Au menu, les incontournables : un aligot crémeux, des côtelettes d'agneau savoureuses, et bien sûr, l'inégalable roquefort. Les organisateurs profitaient de la saison estivale pour séduire les touristes, leur offrant une immersion dans les saveurs locales, tout en partageant un moment de convivialité autour d'une table.

Ce repas traditionnel avait lieu sous la grande halle couverte, qui faisait face à la maison de Pierrette. Il suffisait de traverser la rue, ce qui ne manquait pas de rendre l'événement encore plus attrayant pour ses invités. Diane, quant à elle, trépignait d'excitation à l'idée de retrouver quelques-uns de ses amis dans cette ambiance chaleureuse et festive.

L'apéritif, servi à l'ombre bienfaisante du catalpa majestueux, ajoutait à l'atmosphère une note douce et rafraîchissante. Dans l'air flottait déjà un parfum de terroir et de partage. Une fois les verres vidés, les trois convives se dirigent vers la halle.

Avant de sortir, Diane recommande à Tartine :

– Sois bien sage ! Nous revenons bientôt.

Ils traversent la rue pour se trouver sous la halle où des tables, dressées avec soin, n'attendent pas moins de cinq cents invités. Dans un coin, un vaste plancher a été installé pour les danseurs, leur offrant une surface stable pour virevolter au rythme des mélodies, car le sol en pente de la halle n'est guère propice aux pas de danse.

L'orchestre, composé d'accordéonistes de la région et de jeunes prodiges de l'école de musique, enveloppe l'espace de ses sonorités entraînantes. Les notes joyeuses résonnent sous la halle, créant un fond sonore aussi réconfortant qu'enivrant. Chaque morceau invite à la fête, promettant une soirée où les rires et les danses se prolongeraient jusqu'à tard dans la nuit.

Jacques, quant à lui, se retrouvait un peu perdu au milieu de cette foule bigarrée, un véritable flot humain où se mêlaient locaux et touristes, tous venus célébrer ensemble l'agneau. Il se trouvait là, au cœur de ce rassemblement de visages inconnus, essayant de s'acclimater aux accents chantants et aux rires tonitruants. Diane et Pierrette, bien trop absorbées par l'ambiance qui leur était familière, ne remarquaient pas vraiment le léger décalage que Jacques pouvait ressentir, immergé dans cette atmosphère occitane si particulière.

Lorsque leur tour arriva enfin, les assiettes furent chargées avec générosité : un aligot parfaitement lisse et onctueux, des côtelettes d'agneau grillées à la perfection, une tranche de roquefort au goût puissant, et pour finir, une part de fouace dorée et moelleuse, emblème des douceurs locales. Les plateaux en main, ils partirent en quête d'une place isolée des grandes tablées bruyantes, non loin de l'orchestre. Là, au milieu de cette symphonie de saveurs et de sons, la soirée promettait d'être mémorable.

Avant de s'asseoir, Diane balaya la salle d'un regard circulaire, scrutant les visages dans l'espoir de reconnaître quelques connaissances dont elle attendait impatiemment la venue. Les tables se remplissaient peu à peu, et un brouhaha montait doucement de la foule qui s'étirait en file vers le buffet. Soudain, au milieu de cette masse mouvante, un éclat de mouvement attira son attention. Un homme lui faisait de grands signes, son sourire large visible malgré la distance : c'était Jean-Claude. Diane sentit une vague de soulagement et de plaisir l'envahir. Au même instant, elle réalisa que Philippe ne les rejoindrait pas tout de suite, occupé qu'il était à servir les demandeurs au point boisson. Un petit regret s'insinua en elle, mais elle savait qu'il les retrouverait une fois son service terminé.

Ils prennent place à la table, dans une disposition presque calculée : Jacques, fatigué, mais heureux, s'installe près de Pierrette, tandis que Diane et Jean-Claude leur font face. Une douce chaleur émane du plateau fumant déposé devant eux. Les côtelettes d'agneau, dorées à la perfection, fondent dans la bouche en dégageant des arômes de thym et de romarin. Pierrette, avec son sourire complice, en glisse deux sur les trois dans l'assiette de Jacques, qui mérite amplement d'être bien restauré après ce long périple.

– Tu en as bien besoin, murmure-t-elle en riant doucement, tandis que Jacques lui répond par un hochement de tête reconnaissant, savourant chaque bouchée.

Les conversations, parfois vives, s'étiolent sous la montée du son de l'orchestre. Des airs familiers et entraînants résonnent dans la salle, et les notes de bourrée et de brise-pied invitent les danseurs à se lever. Les pieds tapent en rythme, les robes tournent, et une atmosphère joyeuse imprègne la piste. Les danseurs se lancent dans des figures complexes, exigeant une parfaite maîtrise des pas. Jacques, tout en observant d'un œil distrait, ne pouvait s'empêcher de comparer ces danses traditionnelles aux fest-noz de sa Bretagne natale, où le tempo rapide des danses celtiques lui paraissait à la fois similaire et différent, comme un écho lointain d'une culture partagée, mais distincte.

Les bruits des conversations, des rires et de la musique se mêlent dans une harmonie joyeuse, tandis que la nuit promet d'être longue, animée par les pas de danse et les discussions animées.

À 22 h précises, les premières étoiles scintillent timidement dans le ciel, dessinant une voûte étoilée au-dessus du village en fête. Un léger vent frais s'infiltre, rappelant que la nuit d'été est en train de s'installer pour de bon.

« La nuit tombe plus tôt qu'à Brest », remarque Jacques en portant à ses lèvres le dernier morceau de Roquefort, son fromage préféré, qu'il déguste avec une certaine satisfaction. Il observe autour de lui, amusé par la vivacité du banquet qui ne semble pas faiblir malgré l'heure tardive.

La file d'attente des convives, elle, ne faiblit pas non plus. Bien que longue, elle avance avec fluidité grâce à une organisation irréprochable. Les responsables de l'événement, tels des chefs d'orchestre invisibles, ont déployé une logistique bien huilée. Des bénévoles, nombreux et souriants, distribuent plateaux, couverts et morceaux de pain à chaque personne qui se présente. La solidarité locale rayonne dans leurs gestes, rapides, mais soignés.

Une fois les plateaux en main, les convives passent de stand en stand, comme un ballet soigneusement chorégraphié. Un bénévole, vêtu d'un tablier taché par le service, dépose avec précision une tranche de jambon délicat accompagnée de melon frais. Plus loin, un autre offre une généreuse portion d'aligot crémeux, dont les fils de fromage s'étirent à l'infini sous les regards gourmands. Ensuite, vient le tour des côtelettes d'agneau, grillées à point. Le parfum savoureux de la viande rôtie se mélange à l'air de la nuit, titillant les narines des convives impatients.

Les grilleurs, véritables artistes dans leur domaine, œuvrent sans relâche devant les barbecues. Leur front luisant de sueur témoigne de l'effort, mais aussi de la joie simple de partager ce moment collectif. Parfois, l'un d'eux disparaît brièvement dans un nuage de fumée épaisse, avant de réapparaître, toujours aussi concentré, en retournant une côtelette avec expertise. Ces morceaux d'agneau, grillés avec soin, sont l'un des points d'orgue de la soirée, mettant en lumière l'élevage du Réquistanais, une fierté locale.

Quant aux boissons, le vin est servi sur une table en retrait. Les bouteilles débouchées laissent échapper des arômes fruités et robustes. Chacun se sert à son rythme, tout en profitant de l'ambiance conviviale.

De son côté, Pierrette, infatigable, se lève régulièrement pour prendre des photos. Correspondante pour plusieurs titres de presse locaux, elle se doit de capturer l'essence de la fête, les moments de joie partagée. Ses clichés, pris sur le vif, immortalisent des visages rieurs, des verres levés, des mains tendues vers un plat appétissant.

– Philippe, le maire est-il toujours là ? demande-t-elle d'un ton curieux, espérant pouvoir obtenir une interview ou quelques mots pour son article.

– Il est déjà parti, répond Philippe, en haussant les épaules. Tu l'as manqué de peu.

– Quel dommage, je suis arrivée trop tard, soupire-t-elle, un brin déçue, avant de retourner à sa place.

Elle s'assoit, scrutant les photos sur son appareil, finalement satisfaite de la prise de vue de sa table. Les visages rayonnants, le cadre festif : tout y est pour illustrer son article.

Cependant, au fil des minutes, la fatigue commence à marquer ses traits. Après avoir bâillé discrètement plusieurs fois, Pierrette se tourne vers ses amis, un sourire aux lèvres.

– Je vais rentrer, je commence à être épuisée. Vous, restez autant que vous voulez, allez donc danser une bourrée ! dit-elle malicieusement avant de les saluer d'un geste de la main. « À demain ! »

Ses amis échangent un regard complice, hésitant entre prolonger la fête ou suivre son exemple. Mais pour l'instant, l'ambiance est encore trop vibrante pour songer à partir. Le son de l'accordéon retentit, invitant fortement les convives à se lever pour une danse improvisée, tandis que le ciel étoilé continue de s'étendre au-dessus de cette nuit estivale, rythmée par le partage et la camaraderie.

Chapitre 3
À Lincou

Pierrette, ce matin-là, s'éveille doucement, enveloppée dans la quiétude de la campagne. Le chant des oiseaux et la douce lumière dorée qui filtre à travers les volets entrouverts l'accueillent avec la promesse d'une journée tranquille. Elle s'étire longuement, profitant du luxe rare d'un sommeil profond et réparateur. Ne s'étant guère souciée de l'heure à laquelle Diane et Jacques étaient rentrés la veille, elle s'était abandonnée à ses rêves sans être dérangée par les bruits de leur retour tardif. Dormant d'un sommeil lourd, elle n'avait rien entendu, pas même les murmures étouffés des portes qui se ferment.

Reposée et pleine d'énergie, Pierrette se lève tôt pour préparer un généreux petit-déjeuner. Elle savait combien ces moments matinaux avaient de l'importance pour ses hôtes, après leur long trajet. Tandis que l'odeur du café envahit la cuisine et que croissants, pain, beurre, confiture sont posés sur la table, elle apprécie la douceur de ce matin. Elle imagine Diane et Jacques encore lovés dans leurs draps, profitant des dernières minutes de confort avant de se lever.

Pourtant, à sa surprise, à 8 h 30, les voilà déjà debout, émergeant de leurs chambres, vêtus de leurs tenues de nuit, les yeux encore légèrement embués de sommeil. Ils baillent à s'en décrocher la mâchoire, mais sont, en apparence, prêts à affronter cette journée prometteuse, une nouvelle fois marquée par des températures exceptionnelles. L'air semble déjà plus chaud que d'ordinaire à cette heure, une chaleur lourde qui ne ferait que grandir au fil des heures. Pierrette savait que dans ce genre de journée, il valait mieux se lancer dans ses activités dès le matin, profitant de la fraîcheur éphémère avant que la canicule n'impose sa fournaise accablante.

Diane et Jacques avaient prévu de commencer leur séjour par une randonnée. Après avoir dégusté le petit-déjeuner soigneusement préparé par Pierrette et s'être rafraîchis sous une douche revigorante, ils commencent à sortir leurs affaires de la voiture. C'était presque un véritable déménagement pour quelques jours seulement, mais l'excitation du voyage se faisait sentir. Le joyeux brouhaha des va-et-vient emplit la maison tandis qu'ils déballent sac après sac. Parmi les objets transportés, un en particulier retient l'attention de Pierrette : un arc, soigneusement rangé que Jacques avait apporté pour s'entraîner au tir, une discipline qu'il pratiquait en compétition.

– Tu pourras mettre ta cible, devant le noisetier, dans le jardin de ma mère, avait suggéré Diane, avec cette légèreté complice qui révélait une bonne connaissance de son ami inséparable de son arc.

Pierrette, curieuse et pleine d'intérêt, demande alors :

– Quel est le projet pour aujourd'hui ?

– Nous partirons d'abord à Lincou pour visiter le village, explique Diane, tandis que Jacques finit de ranger ses flèches. Ensuite, direction Connac pour une randonnée qui nous mènera à Brousse-le-Château.

Pierrette hoche la tête en approuvant ce programme bien ambitieux.

– Un beau programme. Vous passerez par le chemin des pêcheurs donc ?

– Oui, comme je te l'avais dit au téléphone.

– Je ne vous attendrai pas pour le déjeuner ?

– Non, répond Diane. Il nous reste des sandwiches du voyage et nous prendrons deux bouteilles d'eau.

Pierrette, pragmatique comme toujours, suggère :

– Vous pouvez me laisser le chien. Vous serez plus tranquilles sans vous soucier de lui.

Mais Diane décline poliment l'offre avec un sourire :

– J'ai prévu de l'amener. Il a besoin de se dépenser, après avoir passé la journée d'hier dans la voiture. Il va courir un peu, ça lui fera du bien.

Pierrette acquiesce, bien que son instinct de protectrice se manifeste de nouveau.

– Très bien, comme tu voudras. Sinon, il peut rester dans le jardin qui est bien clôturé. Bonne randonnée, alors ! Envoyez-moi quelques SMS pour que je sache où vous êtes et que je puisse préparer un bon repas pour ce soir.

Diane secoue doucement la tête, souriante.

– Pas besoin, maman. Ce soir, nous irons manger à la guinguette de Trébas. Pas de repas à préparer pour toi aujourd'hui.

– Ah ! dit Pierrette avec une pointe de soulagement et d'amusement. Je vois que vous avez tout prévu ! Parfait, ça m'évitera de faire des courses. N'oubliez pas votre casquette, le soleil tape fort ici, bien plus qu'en Bretagne. Et prenez aussi vos maillots de bain, vous pourrez vous rafraîchir dans le Tarn.

– Tout est prêt, répond Diane en lançant un clin d'œil complice à Jacques, habituée aux recommandations maternelles. À ce soir, maman !

Pierrette les regarde s'éloigner, leur silhouette se découpant dans la lumière éclatante du matin. Elle soupire doucement, un sourire nostalgique sur les lèvres. « Si j'avais encore mes jambes de 20 ans, je partirais bien avec eux ! » pense-t-elle avec un brin de regret, tout en sachant que d'autres moments, tout aussi précieux, l'attendent dans cette maison qu'elle aime tant et qu'elle ne quitte que rarement.

Si Pierrette regrettait de ne pas pouvoir les accompagner, c'était aussi parce qu'elle aurait été la mieux placée pour leur raconter les mystères et les légendes du village qu'ils allaient parcourir sans se douter des événements qui l'avaient marqué autrefois. Son absence privait ce voyage d'une profondeur supplémentaire, celle des histoires murmurées par les vieilles pierres, des secrets enfouis dans la terre et que seule Pierrette semblait pouvoir mettre au grand jour avec ses récits envoûtants.

Après cinq kilomètres d'une route en lacets bordée de majestueux châtaigniers, dont les feuillages apportaient une ombre généreuse, le couple amorce la descente vers la vallée. La route, sinueuse à souhait, se dévoile par des virages étroits qui offrent, à chaque détour, des aperçus de panoramas saisissants. Le ciel, d'un bleu presque irréel, encadre les collines verdoyantes qui s'étendent à perte de vue. Leurs silhouettes se dessinent peu à peu à l'horizon, comme si le paysage lui-même souhaitait leur révéler quelque chose. Ils arrivent enfin à Lincou, un village ancien niché au bord du Tarn. Les murs des maisons, empreints de siècles d'histoire, semblent presque vibrer sous le poids du temps.

Au lieu de traverser le pont majestueux qui enjambe la rivière et semble inviter les visiteurs à une épopée romantique, ils choisissent un sentier à gauche, moins fréquenté, qui descend vers la place centrale du village. Le chemin, pavé de vieilles pierres usées par des générations de pas, les conduit près d'une table d'orientation où ils décident de garer leur voiture. Le paysage qui s'offre à eux est à couper le souffle : de vieilles maisons, aux toits de lauze, sont lovées au pied d'une colline abrupte, surplombées par une église aux pierres grises. En contrebas, le Tarn dort paisiblement, miroitant sous la lumière éclatante de la matinée, comme un fil d'argent guidant le regard vers l'infini.

Chapitre 4

Un beau village

Jacques, subjugué, ne peut réprimer une exclamation :

– Quel charmant village ! Et quel calme ! s'émerveille-t-il, en inspirant profondément l'air pur et frais de la vallée.

– Attends de voir la vue du haut du calvaire, dit Diane avec un sourire malicieux. C'est de là que tu verras toute la splendeur de la vallée. Mais il faudra grimper un peu. On empruntera la calade, cette ruelle pavée de galets tirés du Tarn.

Ils s'engagent alors dans une montée douce, mais régulière qui les mène vers l'église. Les galets, polis par le temps, rendent la marche agréable, même si l'effort est réel. Jacques, avec son habituel sens de l'humour, lance une pique :

– Heureusement que tu n'as pas mis tes talons aiguilles aujourd'hui !

Diane rit, habituée à ses remarques taquines. Derrière l'église, ils accèdent à une petite ruelle étroite et abrupte, bordée de maisons pour la plupart inhabitées.

Volets et portes clos, tout ici semble figé dans un silence mystérieux.

Jacques, passionné de photographie, s'arrête régulièrement pour immortaliser ces instants, capturant la beauté brute des vieilles pierres, les jeux d'ombres et de lumières sur les murs patinés par les ans. Chaque fois qu'il s'arrête, il se retourne instinctivement, comme pris d'une étrange impression. Ses yeux scrutent l'horizon, les ruelles désertes, les fenêtres closes, mais rien. Rien que le silence impressionnant et le bruit des cailloux qui roulent sous leurs pas. Pourtant, un sentiment d'inquiétude, diffus, mais persistant, s'insinue en lui. C'est comme si une présence invisible, tapie dans l'ombre, les suivait sans jamais se montrer.

Diane, absorbée dans sa propre contemplation des lieux, continue de bavarder gaiement, sans prêter attention au silence soudain de Jacques. Il ne répond plus à ses remarques légères, comme s'il n'entendait plus que le souffle de ce village endormi. Il essaye de rationaliser ses pensées. Jacques n'a jamais cru aux fantômes, mais en cet instant précis, il ne peut s'empêcher de se demander si les vieux murs de Lincou ne gardent pas quelque chose d'invisible, d'indéchiffrable, un secret que seul le silence sait révéler. Et cette sensation étrange de ne pas être seul devient de plus en plus forte, à mesure qu'ils s'approchent du calvaire, comme si les pierres elles-mêmes murmuraient des histoires oubliées.

Un rayon de soleil éclaire le nouveau panneau thématique mis en place récemment par l'office de tourisme. Les visiteurs s'arrêtent, attirés par les mots inscrits. Un parfum de terre humide et de mousse ancienne embaume l'air, comme si le passé refusait de disparaître totalement, se mêlant au présent.

Le village, d'apparence tranquille, cache bien ses secrets. Qui aurait pu imaginer qu'à l'emplacement des ruelles sinueuses et des vieilles maisons en pierre se dressait autrefois un puissant château fort, témoin de luttes sanglantes et de passions déchirées par la foi ? Ce château, érigé avec fierté au XVe siècle, s'élevait, telle une sentinelle, dominant les collines environnantes, protecteur silencieux de ces terres. Pourtant, en 1586, il ne restait plus que des ruines, consumées par les flammes de la guerre. Le duc de Joyeuse, figure impitoyable des guerres de religion, n'avait épargné ni pierre ni âme dans sa croisade contre les protestants. Les souvenirs de ce passé ravagé semblaient flotter dans l'air, imprégnant les lieux d'une mélancolie latente.

Jacques, le regard perdu dans les vestiges invisibles, s'arrête un instant. Ses yeux parcourent l'horizon, mais son esprit erre dans des visions macabres.

– La répression contre les Huguenots a dû être d'une violence inouïe, dit-il d'une voix basse, presque comme un murmure.

Il imagine des silhouettes fantomatiques arpentant ces chemins qu'il foule aujourd'hui, des hommes et des femmes, fuyant, des cris étouffés résonnant encore entre les murs invisibles.

Diane, toujours aussi alerte, acquiesce.

– Le duc de Joyeuse n'avait aucune pitié, répond-elle, le regard sombre. C'était un des « Mignons » d'Henri III. Il ne laissait aucun survivant, aucune chance. Broquiès, le village de mes ancêtres, a aussi été ravagé à la même époque.

Sa voix se fait plus douce, presque nostalgique, comme si les histoires transmises de génération en génération résonnaient encore en elle.

Jacques se tourne vers elle, surpris par la profondeur de ses connaissances.

– Tu sembles bien informée... murmure-t-il, songeur, tout en essayant de chasser les visions d'horreur qui l'assaillent.

Elle sourit, un sourire teinté de tristesse.

– Ma mère m'a tout raconté. Ces histoires de famille, elles ne s'oublient pas. Elles sont en nous, comme le sang qui coule dans nos veines.

À cette évocation, Jacques ne peut s'empêcher de frissonner. Les mots de Diane l'ont ramené à une époque où la vie humaine valait si peu, sacrifiée au nom d'une foi rigide. Il ferme un instant les yeux, et les images se précisent. Des corps jonchant les ruelles pavées, des enfants effrayés blottis contre leurs mères, des hommes priant en silence avant l'inévitable. Chaque pierre qu'il touche semble porter l'empreinte de ces âmes perdues, chaque souffle de vent comme un écho des pleurs d'autrefois. Un dieu de bonté, oui, mais un dieu qui avait trop souvent été invoqué pour justifier l'injustifiable.

La réalité le rattrape soudain. Tartine, leur fidèle chienne, saute de joie devant eux, son énergie débordante rompt la tension accumulée. Son aboiement joyeux résonne dans le village désert, comme un rappel que la vie continue, même après tant de souffrance.

Le couple reprend son chemin, gravissant la pente escarpée vers le calvaire. Bien que la montée soit rude, aucun des marcheurs ne semble faiblir. Ils avancent d'un pas déterminé, comme si cette ascension vers les hauteurs symbolisait un retour à la lumière après les ténèbres de l'histoire. Le silence règne autour d'eux, à peine troublé par le souffle du vent et le chant lointain d'un oiseau. Le village semble endormi, et l'absence de vie humaine renforce cette atmosphère presque irréelle. Où sont donc passés les habitants ? Sans doute déjà en route vers Réquista, où le marché du samedi attire les foules. Mais ici, tout semble figé dans le temps.

Enfin, au sommet, la récompense est à la hauteur de leurs efforts. Devant eux s'étale un panorama grandiose. Le Tarn, jadis rivière impétueuse, s'est transformé en un lac calme, ses eaux vertes scintillant sous la lumière du matin. Le barrage a changé la physionomie de la vallée, mais la beauté sauvage des lieux demeure intacte, invitant à la contemplation.

Ils redescendent, le cœur apaisé par la majesté du paysage. Une fois au parking, ils se rafraîchissent de l'eau conservée dans le coffre, la fraîcheur liquide glissant dans leurs gorges sèches après l'effort. Mais avant de repartir, Diane propose un dernier détour.

– Allons voir l'actuel château, dit-elle, une étincelle dans les yeux.

– Le château a donc été reconstruit après sa destruction ? demande Jacques, curieux.

– Oui, répond-elle. Après l'Édit de Nantes, Henri IV a permis au propriétaire de le reconstruire, mais cette fois, il a choisi de l'ériger non pas sur les hauteurs, mais au bord de la rivière. Il ne s'agissait plus d'une forteresse, mais d'un château de plaisance. Un lieu fait pour la douceur de vivre, loin des guerres et des batailles. À côté, un moulin faisait chanter l'eau du Tarn, et un passage à gué permettait de traverser la rivière contre un péage. Les eaux du Tarn étaient alors cristallines, glissant paisiblement sur des lits de cailloux. Le pont que nous voyons aujourd'hui est plus récent. Quant au château, il est devenu un restaurant.

Jacques, impressionné, la regarde.

– Tu en connais des choses, dit-il, avec une admiration sincère.

Diane sourit.

– Quand on aime un lieu, on apprend à écouter ses histoires, répond-elle simplement, avant de se remettre en marche.

Le récit de Diane a détourné l'esprit de Jacques qui croyait avoir été suivi.

Chapitre 5
Le chemin des pêcheurs.

– À présent, poursuivons notre périple, déclare Diane, un sourire mystérieux aux lèvres.

– Nous avons déjà vu un village magnifique, affirme Jacques, contemplatif. C'est étonnant qu'il y ait si peu de touristes, sa visite en vaut largement la peine.

– Il ne fait pas partie des lieux connus, répond Diane en fixant l'horizon, son regard perdu dans la vallée. En rentrant chez eux, les touristes préfèrent raconter qu'ils ont vu le Rocher de la Vierge à Biarritz plutôt que de mentionner le calvaire de Lincou.

– Tu as raison, c'est du snobisme, concède Jacques en hochant la tête. Mais je ne regrette pas du tout de l'avoir vu, surtout dans ces conditions, sans être pressé comme un citron dans une foule bruyante et étouffante.

– Au moins, tu as pu prendre toutes les photos que tu voulais, sans que personne ne te bouscule, ajoute-t-elle avec un clin d'œil.

Ils sont remontés en voiture. Jacques reste silencieux un instant, ses doigts tapotant nerveusement le volant. Il hésite à lui avouer qu'il a ressenti, un bref instant, cette sensation étrange d'être suivi, comme si des ombres discrètes se glissaient dans les ruelles derrière eux. Mais il savait que Diane se serait moquée de lui, comme à son habitude.

– Nous allons maintenant emprunter le chemin des pêcheurs, murmure-t-elle, brisant le silence. Il longe la rivière. Tu vas adorer, le parcours est splendide. Nous laisserons la voiture plus loin, à l'aire de repos, pour commencer le circuit.

– Je te suis, répond-il simplement, ou plutôt je te conduis.

Jacques tourne le volant à droite, non loin du vieux château, pour s'engager sur une petite route qui serpente sous un tunnel sombre.

– Il est éclairé pour que les cyclistes soient bien visibles, dit-elle en observant la lumière vacillante sur les parois rocheuses.

– C'est une bonne chose, approuve-t-il.

Le tunnel n'est pas long et bientôt, ils débouchent sur une aire de repos surplombant la majestueuse rivière Tarn.

Ils descendent du véhicule qui est garé à l'ombre d'un sapin. Aux alentours de onze heures, la chaleur est torride plus que sur les hauteurs.

– Ici a lieu une grande brocante, le dimanche suivant le 14 juillet, fait remarquer Diane en désignant l'espace dégagé.

– La vue sur la vallée est à couper le souffle. Quel coin paisible…

– Tout est aménagé pour le pique-nique, tu vois, dit Diane en désignant les tables en pierre, les barbecues et le point d'eau. Il y a même des WC à la turque, un peu vétustes cependant.

Jacques ferme les yeux un instant, inspirant profondément l'air frais. Le calme régnait en maître, une tranquillité presque surnaturelle, comme si ce lieu avait été oublié par le monde extérieur. Le silence n'était rompu que par le bruissement des feuilles et le doux chant des oiseaux au loin. Ils étaient seuls, complètement seuls dans cette bulle de verdure, comme si le temps lui-même avait décidé de ralentir.

– Quel calme… Ce cadre est à nous, rien qu'à nous, c'est magique. Pendant que d'autres s'entassent sur les plages, nous, on a ce coin de paradis.

– Tu ne regrettes pas la mer ? demande Diane en l'observant du coin de l'œil.

– Pas une seconde, répond-il, ses lèvres s'étirant en un sourire satisfait. Ici, je me sens déjà chez moi.

– On ferait bien une sieste à l'ombre de ces sapins, mais nous devons poursuivre le programme fixé, dit Diane en scrutant les arbres imposants dont les branches touchent presque le sol.

– Où vas-tu m'amener ? interroge Jacques, un brin curieux, mais les yeux déjà attirés par les reflets mouvants du soleil sur la rivière en contrebas qui fait penser à un bon bain rafraîchissant.

– Sur le chemin des pêcheurs... répond-elle, avec un sourire mystérieux.

– Nous allons donc faire des rencontres sur la rive, peut-être quelques pêcheurs en action ?

– Pas du tout, rétorque-t-elle en secouant la tête. Chaque fois que je viens chez ma mère, je lui emprunte sa voiture pour venir courir ici le matin. Et je n'ai jamais croisé âme qui vive, pas un seul pêcheur.

Jacques lève un sourcil, incrédule.

– La rivière est-elle vraiment poissonneuse alors ?

– C'est ce qu'on dit, mais je n'ai jamais vu un pêcheur solliciter les services de maman pour immortaliser une prise dans la presse locale. Par contre, il y a des stages de pêche, trois ou quatre fois par an, pour initier les jeunes.

Jacques sourit, contemplant les herbes qui se penchent vers l'eau.

– Il faut former la relève, je suppose.

– Encore faut-il qu'ils lâchent leurs manettes de jeu vidéo. De nos jours, l'animation de plein air a de la concurrence.

Le chemin des pêcheurs serpente devant eux, longeant des jardins, accrochés à la terre limoneuse de la rive droite du Tarn où des légumes poussent, bien en ordre. Les hautes herbes, encore humides de la rosée du matin, frémissent, dissimulant une faune invisible, mais présente.

– Quand je suis venue à Pâques, poursuit Diane en scrutant le sentier devant eux, le chemin était si envahi par les broussailles que je craignais de croiser un serpent à chaque pas.

Jacques jette un coup d'œil inquiet autour de lui, ses yeux plissant sous la lumière éclatante du soleil. L'air est lourd, saturé des effluves de terre et de végétation chauffée. Une brise timide agite les feuilles au-dessus de leurs têtes, mais le sous-bois reste étrangement silencieux, comme figé dans l'attente d'un événement.

– Il y a des serpents par ici ? demande-t-il d'une voix plus basse qu'il ne l'aurait souhaité, son regard fouillant les hautes herbes devant eux.

Diane, qui marche à ses côtés, semble plus tranquille. Elle lance un coup d'œil distrait aux alentours, une lueur de malice dans les yeux.

– Bien sûr, comme chez nous en Bretagne, vipères, couleuvres… Mais ne t'inquiète pas, en tapant du pied, elles sentent les vibrations et s'éloignent, répond-elle avec un haussement d'épaules.

À certains endroits, Jacques doit écarter les hautes herbes d'un geste prudent pour permettre à Diane de passer. Chaque mouvement dans la végétation semble résonner dans le silence oppressant de ce sentier et il sent un frisson remonter le long de sa colonne vertébrale. Tartine, trottine joyeusement devant eux, insouciante du danger invisible.

– J'ai mis un jean pour éviter les moustiques et les tiques, dit Diane, un sourire en coin.

– Tu as bien fait, approuve Jacques, son regard suivant les contours sinueux du sentier. Laisse passer Tartine devant, elle effraiera les indésirables.

Diane sourit à la vue de la chienne qui renifle l'air, ses pattes rebondissant sur le sol en une danse innocente.

– Et si elle se fait mordre par une vipère ? demande-t-elle, une pointe d'inquiétude dans la voix, même si elle tente de masquer ses craintes.

Jacques hoche la tête, l'air sûr de lui, mais un doute imperceptible flotte dans l'air.

– Ne t'en fais pas. Elle les mettra en fuite par ses aboiements avant qu'elles ne puissent l'approcher.

Diane acquiesce, mais son regard se perd un instant sur le chemin devant eux, où l'ombre dense des peupliers semble dissimuler des secrets.

– Je préfère encore marcher derrière elle, murmure-t-elle, une lueur de doute voilant ses yeux.

Jacques lui adresse un clin d'œil complice.

– Comme tu veux.

Leurs pas s'enchaînent, réguliers, mais un poids invisible semble se poser sur les épaules de Jacques. De temps à autre, il se retourne, une méfiance instinctive s'insinuant en lui. Il croit voir les herbes bouger après leur passage, comme si quelque chose, ou quelqu'un les suivait, tapi dans les ombres.

« Sommes-nous vraiment seuls ? », se demande-t-il, un frisson glacé parcourant sa nuque.

Soudain, un bruissement sec dans les broussailles les fige sur place. Tartine, alertée, dresse les oreilles, se retourne vers eux, la queue figée dans l'air. Puis, sans prévenir, elle bondit, disparaissant dans les hautes herbes. Un battement d'ailes frénétiques résonne et un faisan surgit dans une explosion de plumes, avant de disparaître dans un tourbillon désespéré.

Diane, le cœur battant, lève les yeux vers Jacques, son souffle coupé.

– C'est un mauvais présage, murmure-t-elle, comme si la nature elle-même venait de leur donner un avertissement.

Jacques éclate de rire, soulagé.

– Tu ne vas pas croire à ces sornettes. Ce n'était qu'un faisan que nous avons effarouché, dit-il, mais sa voix trahit un léger tremblement.

Tartine revient vers eux, une plume accrochée à ses moustaches. Diane ne peut s'empêcher de sourire malgré la tension.

– Tu aurais pu l'attraper, espèce de maladroite, plaisante-t-elle pour alléger l'atmosphère.

Jacques secoue la tête avec un sourire et ajoute pour plaisanter :

– J'aurais dû emporter mon arc et mes flèches.

– Tu te serais pris pour Robin des Bois.

Ils éclatent de rire avant de lancer un coup d'œil vers le sentier qui serpente devant eux.

– Qu'allons rencontrer à présent ?

– L'avenir nous le dira.

Jacques n'a pas terminé sa phrase qu'un renard au pelage roux surgit des herbes. Il fixe ses yeux brillants sur le couple avant de s'élancer vers les buissons en laissant derrière lui un parfum sauvage.

– Voilà ! s'exclame Jacques, le prédateur était en train d'épier le faisan pour en faire son repas. Nous sommes arrivés à point pour l'empêcher de commettre son méfait.

– Quel bel animal, dit Diane, je n'en avais encore jamais vu d'aussi près. Je pense avec une pointe de dégoût à ces femmes qui portaient autrefois une peau de renard comme parure.

– Oui dans les années 1900 avec la tête encore, quelle horreur !

– C'était aussi la mode d'enjoliver les chapeaux avec des oiseaux morts. Que diraient les défenseurs des animaux de cette mode ?

Elle poursuit :

– Certaines personnes pensent qu'un renard qui croise leur chemin est un présage de bonne chance.

Jacques ajoute :

– Dans les croyances celtiques, le renard est considéré comme un guide, qui aide à naviguer dans le monde spirituel. La rencontre du renard démentira celle du faisan qui, disais-tu, était un mauvais présage.

Diane se met à rire.

– Allons, continuons…

– C'est encore loin ? demande Jacques.

– Deux kilomètres avant le pont des Girbes, répond Diane en consultant la carte du parcours.

En effet, quelques jours avant leur arrivée, Pierrette s'était rendue à l'office de tourisme pour demander des documents concernant le chemin des pêcheurs. Elle avait même dit à l'hôtesse que sa fille et son copain effectueraient la rando du chemin des pêcheurs probablement le samedi matin.

– On voit bien que ce chemin n'est guère emprunté, observe Jacques. Si c'était le cas, nous ne croiserions pas de bestioles…

Ils reprennent leur marche en silence, mais l'ambiance semble plus lourde, chargée de non-dits et de soupçons voilés. Le soleil tape fort, faisant miroiter les feuilles dans un éclat aveuglant. À chaque pause, ils s'arrêtent pour boire à grandes gorgées dans une bouteille d'eau partagée, Tartine profite aussi d'un petit récipient qui lui est réservé, car elle commence à tirer la langue.

Soudain, Jacques s'arrête brusquement et fait signe à Diane de s'éloigner. Son regard fixe un point à quelques mètres, là où une vipère paresseusement enroulée se prélasse à l'ombre d'un buisson, sa langue fourchue fouettant l'air.

— Que faire ? murmure-t-il, incertain. Passer outre ? Frapper du pied ?

Finalement, il opte pour la prudence, frappant le sol avec force. La vipère, dérangée, se faufile sous une pierre, disparaissant aussi rapidement qu'elle est apparue.

— C'est la randonnée de tous les dangers, plaisante Jacques en riant, mais son rire est nerveux, presque forcé.

Diane hoche la tête, jetant un regard inquiet vers Tartine.

— Heureusement qu'elle n'était pas devant... Que serions-nous censés faire si elle se faisait mordre ? Je vais l'attacher.

Le chemin continue de s'élever, leur offrant une vue dégagée sur la rivière qui serpente plus bas, son lit de cailloux luisant sous la lumière dorée. Jacques s'arrête de nouveau pour attendre Diane. Son regard se fige sur un saule aux branches pendantes où une ombre, fugace, vient de se glisser.

— Tu as vu ça ? murmure-t-il, sa voix presque éteinte.

Diane, absorbée par la tâche d'attacher la laisse de Tartine, met du temps à se retourner. Mais il n'y a plus rien, juste le silence immuable et oppressant de la nature.

– Qu'as-tu vu ? demande-t-elle, une inquiétude dans sa voix.

– Rien... Ce n'était qu'une illusion.

Mais Diane le connaît trop bien pour croire à cette explication simpliste.

Elle ne dit rien, mais ses pensées s'agitent en silence. Pourquoi Jacques, d'ordinaire si téméraire, si sûr de lui, lui aurait-il demandé « tu as vu ? » s'il n'avait pas perçu quelque chose ?

C'est un homme qui aime se confronter à l'inconnu, à l'inattendu, alors pour qu'il attire son attention ainsi, il devait avoir vu quelque chose. Elle secoue la tête, essayant de chasser ses doutes. Peut-être qu'il se fait des idées. Après tout, la végétation ici est dense, sauvage, bien loin des paysages qu'il a l'habitude de parcourir sur les côtes bretonnes. Le bord de la rivière, avec ses arbres touffus et ses buissons épais, pourrait jouer des tours à n'importe qui.

Ils continuent de marcher, mais cette fois, avec plus de prudence. Les pas de Jacques sont mesurés et Tartine, désormais tenue en laisse, trottine près d'eux, l'air visiblement mécontent de sa soudaine restriction. Elle qui aimait courir en liberté, explorer les coins cachés du sentier, se retrouve bridée. Ses pattes s'impatientent, son souffle court montre son agacement, mais Jacques et Diane ne veulent prendre aucun risque. Les vipères, bien que discrètes, sont bien présentes dans ces contrées.

– Tu te souviens de notre voyage en Côte d'Ivoire en mars dernier ? dit-il pour rompre e silence ?

– Tu veux rappeler à mon bon souvenir le cracheur que nous avons vu au club house du golf de Yamoussoukro ?

– Oui et les crocodiles qui infestaient le fairway. Nous en avons vu d'autres et ce n'est pas une vipère qui va nous empêcher de poursuivre notre rando en toute sérénité.

– Tu as raison, que l'aventure continue !

Le bruit de l'eau glissant sur les pierres crée un fond sonore paisible, mais l'esprit de Diane reste en alerte.

– Regarde, un héron, là-bas, sous les branches sur la rive opposée, dit Jacques, brisant le silence.

Diane suit son regard et aperçoit l'oiseau, immobile comme une statue, guettant sa prochaine proie dans les eaux peu profondes.

– C'est l'ennemi des pêcheurs, ajoute Jacques en souriant. Il se nourrit de petits poissons, ceux qu'ils aimeraient attraper.

– Il en faut pour tout le monde, rétorque Diane avec un sourire complice.

Leur discussion légère les aide à se détendre, à se reconnecter avec la nature environnante. Le chant des oiseaux, le bruissement des feuilles et le clapotis de l'eau leur rappellent la tranquillité de ces lieux où ils semblent être seuls au monde sous un soleil de plomb.

Chapitre 6

Une trouvaille

Tandis qu'il était absorbé par la contemplation du héron majestueux, immobile dans l'éclat argenté de la rivière, Jacques relâche sa vigilance. Ses pensées, emportées par la tranquillité de la scène, le détournent du sentier terreux sous ses pieds. Il ne remarque pas la légère ondulation dans le sol et trébuche lourdement. En un instant, il s'étale de tout son long, les mains projetées en avant, soulevant un nuage de poussière sèche.

– Que t'arrive-t-il ? demande Diane, la voix tremblante d'inquiétude. Tu t'es fait mal ?

Jacques, encore sonné, roule sur le dos, le regard fixé vers le ciel quelques secondes, avant de se redresser lentement. Il reste assis, les mains ancrées dans la terre meuble.

– Je me suis pris les pieds dans cette… chose, marmonne-t-il, l'air hébété.

Du bout des doigts, il désigne un filet de pêche à la maille si fine qu'il semblait presque disparaître parmi les hautes herbes bordant le chemin. Il se lève avec difficulté, ses vêtements désormais couverts de poussière ocre et tapote son short avec de petits gestes nerveux.

– Ma parole, tu ne tiens plus debout ! lance Diane, un éclat de rire dans la voix. Aurais-tu bu plus que de coutume hier au soir lors du repas de l'agneau ? Heureusement que tu me précédais, sinon c'est moi qui me serais retrouvée par terre !

Jacques, encore un peu vexé, se penche à nouveau sur le filet.

– Mais que fait ici ce filet ? grommelle-t-il, mécontent.

Sans trop réfléchir, il saisit l'objet et le tire brusquement pour le dégager du fourré comme si ce simple geste pouvait effacer son humiliation. Le filet semble s'étirer à l'infini, s'étalant sur la terre comme un serpent endormi.

– Il est long, commente-t-il, plus pour lui-même que pour Diane.

Diane, qui s'est rapprochée, observe la maille d'un œil curieux.

– Vu la taille des mailles, je dirais que c'est pour capturer des écrevisses. Ces fichues écrevisses américaines envahissent le Tarn depuis des années. Elles creusent des galeries sous les berges, les font s'effondrer... Des nuisibles, oui, mais même pour elles, il faut des filets à la maille réglementaire.

Jacques hoche la tête distraitement.

– Un pêcheur l'aura planqué ici pour revenir plus tard, suppose-t-il.

Mais au moment où il tire une dernière fois pour déplacer complètement le filet sur le sentier, il sent une étrange résistance. Le filet ne se contentait pas de traîner dans les herbes. Il contenait quelque chose, mais quoi ?

À travers le filet, il tente de reconnaître l'objet.

– On dirait un portefeuille, dit-il.

– Tu crois ? que ferait-il dans ce filet ?

– Quelqu'un l'aurait perdu dans l'eau et le pêcheur l'aurait pris dans le filet sans le remarquer, c'est possible.

– Quelqu'un qui serait tombé à l'eau accidentellement tout habillé l'aurait perdu ? Ou bien quelqu'un qui l'aurait volé et s'en serait débarrassé dans la rivière après en avoir extrait le contenu.

– Mais attendons la suite pour faire des commentaires.

Jacques tente de dégager l'objet insolite des mailles embrouillées du filet, mais sa tâche n'est pas aisée.

– Diane, passe-moi ton Laguiole je vais couper les mailles ce sera plus facile de le dégager.

– Tu as de la chance que je l'aie emporté en bravant les interdits.

– Quels interdits ?

– Il paraît que tout porteur de couteau Laguiole est passible d'une amende de 500 euros, car il est considéré comme une arme.

– Passe-le-moi quand même.

– Et le filet ?

– Tant pis pour le filet ! De toute façon il semble avoir été abandonné depuis longtemps.

– Peut-être le portefeuille ne contient-il rien ?

– Arrête tes suppositions, dit Jacques agacé, la suite va nous le démontrer.

Sa mauvaise humeur s'accroît au fur et à mesure qu'il s'acharne sur le filet dont les mailles en plastique ne cèdent pas facilement sous les assauts du couteau.

– Il n'est peut-être pas aiguisé.

– Mais non je l'ai acheté lors de mon dernier passage à Réquista, un jour de foire. Ne sois pas si impatient, tu t'énerves et tu n'avances à rien.

– Je voudrais bien te voir à ma place, tu veux essayer.

– Non, continue, tu y es presque, on ne va pas se chamailler pour si peu.

– Bien sûr que non, dit Jacques avec un sourire. Mon impatience à découvrir l'objet me rend maladroit.

– Et nerveux, ajoute Diane. Nous ne sommes pas si pressés. Prends ton temps.

Ses efforts sont enfin récompensés et le portefeuille est libéré des mailles du filet.

C'est un portefeuille dont la couleur indéfinissable se rapproche de celle du sol de couleur ocre. Il est entouré d'un élastique.

– Il n'a pas l'air d'avoir séjourné dans l'eau, il serait humide et plus endommagé.

– Que peut-il bien contenir ? interroge Diane.

Mais avec un sourire malicieux, Jacques se relève et déclare en le mettant dans son sac à dos :

– Attendons d'être à l'aire de repos pour examiner à notre aise son contenu.

Diane a l'air déçu.

Mais il semblerait que la curiosité leur donne des ailes, car au bout de dix minutes, essoufflés et le front mouillé de sueur les voilà arrivés au but.

– Nous serons bien, sous les arbres, pour faire une pause, dit Diane en masquant son impatience.

L'endroit apparaît soudain devant eux, presque comme un mirage au milieu de cette nature sauvage. L'aire de repos, aménagée avec soin par la commune de Connac, leur offre tout ce qu'ils pourraient souhaiter après une longue marche : des toilettes impeccables, un lavabo brillant sous le soleil et même la possibilité de branchements électriques pour les camping-cars. Un barbecue trône à l'ombre des arbres, invitant à des pique-niques familiaux, et les jeux pour enfants ne manquent pas. En contre bas, une petite plage accueillante semble appeler les baigneurs.

Diane pose son sac au sol et, étirant ses bras, regarde la rivière avec une envie non dissimulée.

– Je ferais bien un petit « plouf », dit-elle en riant, ses yeux pétillent d'un désir enfantin de se jeter dans l'eau fraîche.

En s'asseyant sur un banc de bois, Jacques la regarde en souriant.

– Oui, mais la baignade nous coupera les jambes pour continuer la randonnée, dit-il en s'essuyant le front, la chaleur pesante les écrasant de toute sa force.

Diane réfléchit un instant avant de hausser les épaules.

– Tu as raison, on plongera au retour.

Elle se laisse tomber dans l'herbe, à ses côtés, fermant les yeux un instant pour savourer la brise qui passe. Elle se mord la langue pour ne pas poser à Jacques la question qui la taraude sur le portefeuille. Tout semble incroyablement calme, presque trop calme. Jacques, en observant les environs, ne peut s'empêcher de dire.

– Quelle sérénité, comme c'est reposant... Mais pourquoi ces lieux enchanteurs sont-ils boudés ? On se croirait seuls au monde, murmure-t-il.

Diane, toujours allongée, ouvre lentement les yeux, contemplant le ciel entre les feuillages.

– Les autochtones préfèrent partir en week-end au bord de la mer, explique-t-elle. Valras est à moins de deux heures avec l'autoroute. Il n'y a que quelques campeurs qui viennent ici s'ils connaissent les lieux. Mais soyons heureux que ce havre de paix ne soit pas envahi par les touristes. Ça nous permet de savourer ce calme.

Jacques acquiesce. Un calme pareil est une denrée rare, presque précieuse.

– Tu as raison. C'est un petit coin de paradis, conclut-il, son regard se perdant à nouveau vers la rivière qui scintille sous les rayons du soleil.

« A-t-il oublié notre trouvaille » s'interroge Diane qui met un point d'honneur à ne pas manifester sa curiosité en parlant du portefeuille. Veut-il la faire languir ?

Après quelques minutes de silence, plongés dans ce calme apparent, où quelque chose d'invisible les guette peut-être, caché dans les ombres mouvantes de cette nature paisible, Jacques déclare l'air malicieux :

– Alors tu veux qu'on l'ouvre ce portefeuille ?

Et sa main plonge dans le sac à dos.

Chapitre 7
Le portefeuille

Diane se lève brusquement, son cœur battant à tout rompre, pour venir s'installer à côté de Jacques sur le banc usé par les années dont le bois craque légèrement. Elle jette des coups d'œil furtifs vers le portefeuille en cuir patiné que Jacques tient entre ses mains. Il était là, juste à côté d'elle, et pourtant, une barrière invisible semblait les séparer de cet objet. Chaque seconde d'attente devenait insupportable. Elle frémit, l'impatience lui nouant l'estomac. Qu'est-ce qu'il pouvait bien y avoir à l'intérieur ? Des billets anciens ? Des lettres oubliées ? Des secrets qui auraient dû rester enfouis ?

Jacques, quant à lui, reste imperturbable, délibérément lent dans ses gestes, comme s'il savourait chaque instant de ce suspense étouffant. Il passe le doigt sur l'élastique usé qui entoure le portefeuille, observant avec une méticuleuse lenteur les fibres qui cédaient sous la pression. L'usure du temps avait fait son œuvre, rendant cet élastique presque fragile, mais il semblait retenir bien plus que quelques feuilles de papier.

Dans un geste presque rituel, Jacques le porte sous son nez, cherchant des indices, une odeur particulière peut-être. Y avait-il une histoire derrière ce cuir fatigué ? Des traces de tabac ? D'anciennes lettres parfumées ? Diane se mord la lèvre, son impatience devenant presque insoutenable. Allait-il enfin l'ouvrir ? se demande-t-elle, sentant la tension monter en elle comme une vague prête à la submerger.

Puis, sans un mot, il reste là, immobile, laissant le silence s'épaissir autour d'eux. Chaque seconde semblait une éternité. Diane ne put plus tenir.

– Alors, tu l'ouvres ou tu ne l'ouvres pas ? s'écrie-t-elle, l'urgence dans sa voix trahissant son agitation.

Jacques lève lentement les yeux vers elle, un sourire en coin, amusé par la situation.

– Bon, je vais l'ouvrir, dit-il avec une lueur malicieuse dans le regard. Mais, tu te souviens de la boîte de Pandore, non ?

Diane fronce les sourcils, un mélange d'exaspération et d'inquiétude se dessinant sur son visage. Elle hoche la tête, comme pour lui signaler qu'elle connaissait très bien cette vieille histoire.

– Bien sûr que je m'en souviens, dit-elle en soupirant. Pandore a été créée sur l'ordre de Zeus, qui voulait se venger de Prométhée. Tu sais, celui qui avait volé le feu des dieux pour le donner aux hommes. Elle fut façonnée dans de l'argile, un véritable chef-d'œuvre de l'art divin. Puis, Zeus lui confia une boîte – enfin, une jarre, en réalité – qu'elle n'était pas censée ouvrir. Elle contenait tous les maux de l'humanité : la Vieillesse, la

Maladie, la Guerre, la Famine... et tant d'autres fléaux. Mais, évidemment, Pandore, poussée par la curiosité, brava l'interdiction. Et quand elle l'ouvrit, tout s'échappa sur la Terre. Il ne resta que l'Espérance, la seule chose qui n'eut pas le temps de fuir.

Un silence s'installe entre eux, plus lourd encore que le précédent. Jacques observe le portefeuille un instant, comme s'il pesait le poids de la décision à prendre.

– Espérons que nous ne le regretterons pas, murmura-t-il, d'un ton grave. Son histoire est un avertissement. Quand on cherche trop, on risque de trouver ce qu'on n'aurait jamais voulu découvrir.

Diane fait une moue.

– Et n'oublie pas, ajoute-t-il, la curiosité est un vilain défaut.

Il hoche la tête, pensif, les doigts toujours serrés autour du portefeuille. Leurs regards se croisent, une hésitation muette passe entre eux.

– Alors, qu'est-ce qu'on fait ? On l'ouvre ?

Jacques prend une grande inspiration, ses doigts se crispant une dernière fois sur le cuir.

– Espérons qu'on ne le regrettera pas, répète-t-il, comme une prière silencieuse avant de basculer dans l'inconnu.

Puis, lentement, très lentement, il commence à ouvrir le portefeuille et l'air semble se figer autour d'eux, comme si le temps lui-même retenait son souffle.

Ils s'attendaient à trouver, comme dans tout portefeuille digne de ce nom, une carte d'identité, quelques cartes bancaires, peut-être une photo permettant d'identifier son propriétaire. Pourtant, à leur grande surprise, il n'y avait rien de tout cela. À la place, une feuille épaisse de papier jauni, pliée en quatre, semblait défier les lois de la nature : pas une trace d'humidité, comme si elle n'avait jamais été immergée, malgré les circonstances.

Diane remarque également un compartiment secret, dissimulant une pièce ancienne. Jacques la saisit avec précaution, observant la surface du métal, usée par les âges. Il la fait tourner entre ses doigts, cherchant à déchiffrer les marques à peine visibles. Ce n'était plus qu'une ombre, un relief effacé, mais en inclinant la pièce à la lumière vive, il réussit à deviner un motif étrange, presque fantomatique : deux cavaliers chevauchant la même monture, fusionnés en un seul mouvement figé dans le temps.

— Cette pièce doit dater de l'époque des Templiers, murmure-t-il, fasciné. Y a-t-il eu des Templiers dans la région ?

Diane hoche la tête avec assurance.

— Bien sûr. Le village de La Selve leur appartenait, tout comme l'Hôpital Bellegarde, sur la route des Croisés qui se rendaient à Jérusalem. Ils se sont installés en Rouergue dès 1140 à Sainte-Eulalie, puis à Bégon en 1148, et à La Selve vers 1160. Leur influence s'étendait à Auriac, Rulhac, Réquista, Broquiès, Villefranche-de-Panat, et même Brousse-le-Château.

Jacques observe à nouveau la pièce, son esprit vagabondant à travers les siècles.

– Si elle est authentique, elle doit avoir une certaine valeur, non ?

– Je connais quelqu'un qui pourrait nous donner des renseignements.

– Qui donc ?

– Le conservateur du Musée de Lincou, un spécialiste de la question des Templiers.

Mais son regard s'est déjà posé sur la feuille jaunie.

– Voyons d'abord ce qui est écrit.

Jacques déplie délicatement le papier, presque comme s'il craignait qu'il se désintègre entre ses mains. L'écriture manuscrite, fine et délicate, est à peine lisible, des lettres entremêlées d'une élégance surannée, comme un écho venu d'un autre temps.

– Heureusement que j'ai mes lunettes dans le sac à dos, dit-il en fouillant nerveusement.

– Pourvu qu'elles ne soient pas cassées après ta chute, s'inquiète Diane.

Un sourire victorieux éclaire le visage de Jacques.

– Pas de souci, elles sont dans un étui rigide.

– Ouf !

Jacques ajuste ses lunettes et approche la feuille manuscrite de ses yeux, il plisse les paupières pour mieux distinguer les lettres effacées par le temps. Un léger vent fait frémir le papier, et il retient son souffle, conscient de l'importance du moment.

– Attends... c'est étrange, murmure-t-il après un instant d'hésitation. Ce n'est pas du français. C'est... de l'anglais.

Diane le regarde, interloquée.

– De l'anglais ? Mais pourquoi ?

– Le Rouergue a été occupé par les Anglais pendant la guerre de Cent Ans, répond Jacques, plus pour lui-même que pour elle. Mais ce document ne doit pas dater de cette époque, ajoute-t-il en souriant.

Les mots sur le papier, bien que difficilement déchiffrables, commencent à prendre forme sous ses yeux : des indications énigmatiques, des directions obscures, presque comme un code. Jacques prononce lentement les mots qu'il parvient à lire.

« Seek... under... the marked stone... by the cross where two paths meet. »

Diane se penche pour regarder par-dessus son épaule.

– Un plan ? Une carte ? demande-t-elle, ses yeux s'élargissant à mesure que l'excitation monte en elle.

– Ça en a tout l'air, répond Jacques, sa voix trahissant une légère nervosité. Ce papier pourrait bien indiquer l'emplacement d'un trésor caché...

« Est-il sérieux ? Se demande Diane, ou veut-il me faire marcher ? »

Il examine les croquis à demi effacés où il peut remarquer une croix et les murs d'une forteresse ou peut-être un château.

Le silence se fait lourd, chargé de possibilités. Diane se redresse brusquement, parcourant du regard les environs, comme si, sur cette aire de repos, elle espérait découvrir une croix, un chemin, une pierre marquée quelque part dans ce paysage sauvage.

– Tu crois qu'un trésor des Templiers pourrait être caché dans la région ? demande-t-elle finalement, sa voix trahissant une incrédulité mêlée d'émerveillement et d'amusement.

– Chut ! Pas si fort, si on t'entendait.

Jacques replie soigneusement le manuscrit, ses doigts tremblent d'excitation.

– Parce que tu crois qu'il s'agit d'un plan menant à un trésor ? Tu ne me fais pas marcher ?

– Je ne sais pas. Ça vaut la peine d'essayer, non ? Mais il va falloir être prudent. Ce genre de découverte peut attirer des convoitises...

– Tu veux rire ?

– Pourquoi ? Tu m'avais dit que de croiser un renard portait chance.

– Oui, mais le faisan annonçait un mauvais présage.

– Les pronostics des deux bestioles s'annulent alors.

Un frisson d'excitation parcourt l'échine de Diane dont l'esprit s'emballe à son tour à la perspective d'une aventure passionnante qui met de l'intérêt à cette banale randonnée.

La lumière vive du soleil au zénith se reflète sur la pièce ancienne qu'elle tient entre ses doigts et pour un instant, elle croit y voir un autre motif se dessiner, presque imperceptible : un serpent lové autour des deux cavaliers.

Jacques jette un regard soupçonneux autour de lui et demande :

– Alors qu'est-ce qu'on fait ? On poursuit le programme ?

– Oui. Il est à peine midi, nous serons à Brousse vers 15 heures.

– Tu n'as pas faim ?

– Si, un peu, sortons nos sandwiches du sac.

Chapitre 8

Brousse le Château

Diane reprend le plan que sa mère lui a donné avant de partir. Voici ce qu'elle lit :

« Passer sous le pont des Girbes et emprunter, en face, la piste cimentée ».

Ils quittent à regret ce havre de repos qui les invitait à faire une sieste à l'ombre des noyers, mais l'aventure les appelle et ils se lèvent du banc tout excités. Tartine, qui a repris sa liberté, jappe joyeusement.

La marche est aisée sur cette partie du trajet, une voie carrossable pour atteindre non loin une maison isolée dans un pré pentu.

– Quelle belle vue sur la vallée ! s'exclame Jacques, admiratif à chaque pas. Je ne regrette pas d'être venu dans l'Aveyron. Je ne m'attendais pas à tant de beauté sauvage.

Il n'arrête pas de prendre des photos.

– Ne nous attardons pas, dit Diane, tu auras bientôt de plus beaux points de vue

À la hauteur de la maison du Pestel, la piste cimentée s'arrête net et devient chemin de terre.

Jacques contemple l'habitation et déclare :

— Quelle chance de pouvoir vivre ici dans ce cadre enchanteur où le silence n'est troublé que par le bruit de l'eau.

— Oui, mais tu t'ennuierais vite loin de la mer et des bateaux.

— Tu as peut-être raison.

Ils marchent d'un bon pas en restant sur la piste qui s'élève progressivement dans une nature primitive de broussailles et de chênes. Après quelques lacets elle domine le Tarn, en offrant encore de plus beaux points de vue sur la vallée et sur le château féodal de Brousse, construit sur une crête rocheuse.

Ce point de vue vaut un arrêt prolongé et tandis que Diane se désaltère, Jacques sort le document du portefeuille et observe les contours du château en plissant les yeux et les compare à ceux du croquis.

Une brume légère, due à l'évaporation, s'élève du Tarn, ajoutant un voile mystérieux au paysage.

— Allons-y, s'écrie-t-il, impatient.

— Trop facile, répète Diane à voix basse, comme pour se convaincre elle-même. Que s'imagine-t-il ? Allez, viens Tartine, on continue.

Jacques, absorbé par ses pensées de gloire et de découvertes, la devance, en scrutant à nouveau le croquis. Le plan était rudimentaire, griffonné à la hâte, mais les indices semblaient s'aligner. Un clocher rectangulaire, des tours, un chemin sinueux, une croix… tout pointait vers cet endroit, et pourtant, un doute s'insinuait en Diane. Elle ne pouvait s'empêcher de se demander si quelqu'un d'autre avant eux avait déjà suivi cette même route, la tête pleine de rêves, pour finir par se heurter à une impasse.

– Écoute, reprit Diane après une gorgée d'eau, et si ce croquis n'était qu'un leurre pour nous faire marcher ?

Jacques se tourne vers elle, fronçant les sourcils.

– Un leurre ? Mais pourquoi ?

– Je trouve ça trop facile, un portefeuille sous nos pas, ces croquis …

Elle hausse les épaules, ses yeux s'égarent un instant sur les pierres du château qui pour elle restent muettes.

– Réfléchis. Cet endroit a été témoin de tant de choses. Des batailles, des intrigues… Si ce trésor existe, il a peut-être été déjà trouvé par d'autres, nous ne sommes pas les premiers à le chercher.

Jacques sourit, amusé par la tournure dramatique que prend la conversation.

– Tu t'imagines un peu trop de choses, je crois, plaisante-t-il. Mais bon, si ça te rassure, je te promets de rester sur mes gardes et de ne pas m'emballer.

Diane ne comprend pas l'engouement de son ami pour un trésor qui n'existe probablement pas. Comment peut-il se leurrer à ce point et se laisser entraîner par son imagination, lui, un homme sensé qui semble avoir toujours les pieds sur terre, sauf en régate !

Diane esquisse un léger sourire, mais au fond, une étrange intuition la tenaille. L'air semble soudain plus lourd, comme si le paysage, jusqu'alors accueillant, les observait en silence. Un frisson parcourt son échine, mais elle repousse cette sensation. Ce n'est que son imagination.

Ils reprennent la marche, le sol de plus en plus irrégulier sous leurs pieds. Ils longent un champ fraîchement moissonné, pénètrent dans un bois jusqu'à atteindre une petite clairière. Là, face à eux, quatre pans de murs en ruines surgissent entre les arbres, cachés par la végétation. Ils ne sont pas très hauts et auraient pu passer inaperçus sans le regard avisé de Jacques.

– Ce n'est pas sur le plan de la randonnée, murmure Diane, les yeux fixés sur les murs délabrés, peut-être nous sommes-nous égarés.

– Non, confirme Jacques, un sourire en coin. Mais ça mérite qu'on y jette un coup d'œil, non ?

Il s'approche des ruines avec une excitation visible, tandis que Diane hésite, sentant le mystère s'épaissir autour d'eux.

Tartine flaire les vieilles pierres, la truffe frémissante, et pousse de petits aboiements joyeux.

Le pas de Jacques, plus rapide que d'habitude, trahit son impatience. Il dégage quelques branches et s'enfonce entre les quatre murs. Les pierres écroulées sont envahies par des mousses épaisses, comme si la nature avait décidé de reprendre ses droits. Diane, moins enthousiaste, le suit tout en jetant des coups d'œil autour d'elle.

– Sois prudent, murmure-t-elle, sentant l'atmosphère étrange du lieu l'envahir.

– Ce n'est pas une simple cabane de berger, regarde les grosses pierres qui formaient les murs. La plupart ont été pillées pour servir à bâtir des maisons. Je suis sûr qu'on pourrait en retrouver en cherchant bien.

À l'intérieur de l'espace encadré par ce qui reste des murs, tout est sombre. Les arbres qui l'entourent laissent pénétrer des rais de lumière qui dansent sur les débris. Jacques fouille déjà le sol, mais il n'est pas le seul, imité par Tartine.

– Que cherches-tu ? interroge Diane, surprise.

Mais il ne l'écoute pas, pris par une fièvre subite qui effraie son amie : « Aurait-il perdu la raison avec cette histoire de trésor qu'il s'est mise en tête ? »

– Regarde ça, dit-il tout bas, comme s'il craignait que sa voix ne réveille les fantômes des lieux, ce n'est pas un sol de terre battue.

Diane s'approche de lui, découvrant ce qu'il pointe du doigt : une dalle légèrement fissurée qui semble différente des autres. Le temps l'avait épargnée, et sa surface lisse contrastait avec le reste du sol. Sa particularité c'est qu'elle porte un anneau auquel la rouille n'a laissé que peu de prise et que Jacques vient de découvrir en balayant le sol de sa main. L'air se fait plus lourd, alors qu'ils se tiennent là, face à cette étrange découverte.

Tartine semble avoir aussi flairé quelque chose.

– Tu crois que c'est un passage ? murmure Diane.

Jacques ne répond pas immédiatement. Il s'agenouille, passant la main sur la pierre froide, ses doigts suivent les contours de la dalle. Il fouille dans son sac, en sort une petite pelle américaine qu'il avait emportée « au cas où », et commence à gratter délicatement pour évacuer la mousse. Chaque coup résonne dans la nature, amplifiant l'écho de leurs pensées.

– Si c'est un passage, il doit bien y avoir un moyen de l'ouvrir, continue Jacques, la voix pleine d'excitation. Peut-être faudra-t-il sacrifier la lame de ton couteau Laguiole.

– Ah ! non, répond-elle, débrouille-toi avec la pelle,

– Il y a quelque chose ici, j'en suis sûr, déclare Jacques avec détermination. Je dois soulever cette dalle coûte que coûte.

Les aboiements de Tartine s'accentuent, son flair en alerte.

Diane ne peut se débarrasser d'un sentiment d'oppression, comme si cette découverte réveillait quelque chose de plus grand. Dehors, l'ombre des chênes s'allonge inexorablement, à mesure que le temps passe.

– Je dois creuser, lance-t-il, déterminé, passe-moi ton Laguiole.

– Diane fouille dans son sac à dos et le lui tend à contrecœur.

Il se met à gratter plus intensément autour de la dalle, mais alors qu'il s'acharne, un bruit sourd résonne sous leurs pieds. Un bruit qui n'avait rien de naturel. Diane recule instinctivement, son cœur battant à tout rompre. Elle appelle Tartine et lui remet sa laisse pour la tirer en arrière.

– Tu as entendu ça ? demande-t-elle, la voix tremblante.

Jacques, les yeux écarquillés, hoche la tête. Il s'arrête brusquement, tendant l'oreille vers le bruit qui émane de sous la dalle.

Ils retiennent leur respiration, tandis que Tartine semble apeurée. Des coups de marteau, des grattements d'une étrange insistance les tiennent en haleine et soudain, le cœur battant, ils voient la dalle bouger et se soulever, lentement, dans un crissement de pierre contre pierre tandis qu'un faisceau lumineux les éclaire. Dans cette scène irréaliste, Jacques à genoux, se redresse d'un bond, alarmé. Il incite Diane et la chienne à se mettre derrière lui pour les protéger tandis que Tartine aboie férocement.

Deux mains, robustes, mais poussiéreuses, apparaissent d'abord, s'agrippant fermement au bord de la dalle. Puis, avec une lenteur dramatique, un visage commence à émerger. Des cheveux couverts de poussière et des yeux d'un bleu pénétrant, écarquillés de surprise autant que d'effort apparaissent au ras du sol. L'homme qui surgit semble aussi effarouché qu'eux.

Jacques et Diane reculent d'un même mouvement instinctif, à la fois fascinés et craintifs face à cette apparition inattendue. Le silence, lourd de tension, est rompu par une voix rauque, encore essoufflée :

– Vous allez m'aider à soulever cette satanée dalle, ou vous comptez rester plantés là ?

Les deux amis échangent un regard, hésitant un instant, avant de s'approcher pour l'aider. En quelques secondes, l'homme, grand et mince, s'extirpe de l'ouverture avec la souplesse d'un chat malgré la poussière qui macule ses vêtements. Son regard scrutateur parcourt les lieux avant de se fixer sur eux.

– Mais que faites-vous ici ? demande-t-il, en s'époussetant d'un geste nonchalant.

Jacques stupéfait, mais sur la défensive, répond du tac au tac :

– On pourrait vous poser la même question.

Le ton de Jacques trahit à la fois soulagement et méfiance. Il était clair qu'il ne s'agissait pas d'un fantôme, mais bien d'un homme en chair et en os, ce qui était rassurant... en partie. L'inconnu laisse échapper un sourire en coin, l'air soudain plus détendu. Il examine Diane, Jacques et le chien qui semble s'apaiser.

Il dévoile sa silhouette athlétique sous sa veste poussiéreuse.

– Archéologue, à mes heures perdues. Je profite du week-end pour continuer mes recherches dans le coin.

Il domine Jacques et Diane de sa stature imposante, mais décontractée.

Diane, curieuse, s'avance d'un pas :

– Des recherches ? Quel genre de recherches ?

L'homme passe une main dans ses cheveux, créant un nuage de poussière autour de lui.

– Il y a peu de temps, j'ai découvert un souterrain qui part du château de Brousse et j'ignorais que j'arriverais à ces ruines. Une sorte de passage secret, utilisé par les seigneurs pour fuir en cas d'attaque. C'est incroyable, non ?

Diane écarquille les yeux.

– Un souterrain ? Vous voulez dire qu'il remonte jusqu'ici ?

L'archéologue hoche la tête, un éclat de satisfaction dans le regard.

– Il fut un temps où cette région n'était pas sûre. Au cours des siècles, on y a livré maintes batailles. Les habitants creusaient des cachettes pour échapper aux envahisseurs, aux pillages...On en retrouve les traces dans certaines forêts, mais elles n'ont jamais été explorées. L'une d'elles sert de repaire aux chauves-souris...

Il laisse sa phrase en suspens, plongeant un instant dans ses pensées avant de revenir à eux, le regard soupçonneux.

– J'aimerais que vous ne parliez pas de ma découverte. Personne n'est au courant de mes recherches qui doivent rester secrètes pour l'instant avant que je fasse la déclaration de l'existence de ce souterrain aux personnes compétentes. Imaginez que quelqu'un tombe dans ce trou, qu'il se blesse.

– Nous serons discrets. Peut-on circuler facilement dans ce conduit ?

– À part quelques éboulements que j'ai pu aisément franchir, il est encore en bon état. Laissez-moi voir où il aboutit, car je n'en avais aucune idée.

Il se rend sous les arbres, à l'orée du bois et près du champ récemment moissonné.

– Oui, je vois où je suis. À deux ou trois kilomètres à vol d'oiseau du château. Je ne saurais dire s'il a été utilisé à l'époque par le seigneur et sa famille.

Puis reprenant le fil de la conversation, il interroge :

– Et vous, que faisiez-vous ici ?

Jacques, plus méfiant que jamais, évite soigneusement de mentionner le portefeuille trouvé sur le chemin des pêcheurs.

– On faisait une randonnée, depuis Lincou jusqu'à Brousse. On a suivi le chemin des pêcheurs, puis on est montés vers les hauteurs, près de Connac. Ces ruines nous ont intrigués… on voulait juste jeter un œil.

L'homme fronce les sourcils, semblant peser chacune des paroles de Jacques, comme s'il devinait qu'il manquait un élément à l'histoire. Ses yeux bleus, perçants, se font plus scrutateurs.

– Curiosité, hein ? murmure-t-il en se redressant, les bras croisés, un sourire à peine visible flottant sur ses lèvres.

Le silence s'épaissit, et la poussière flottant encore dans l'air, rend la scène presque irréelle. Tartine s'est approchée de l'inconnu pour renifler son jean et se frotte contre ses jambes amicalement ce qui lui vaut de belles caresses.

– Quel beau chien ! Quelle race ?

– Un golden retriever.

L'archéologue, toujours aussi énigmatique, ne quitte plus le couple des yeux. Diane, toujours méfiante, se tourne instinctivement vers Jacques, comme pour chercher du soutien.

– Curiosité, hein ? répète l'archéologue, laissant planer le doute. Vous savez, la curiosité peut parfois mener à des découvertes... surprenantes.

Il pivote lentement, se dirigeant vers l'ouverture du souterrain et s'accroupit pour replacer la dalle, et la recouvrir de terre et de débris de végétaux. Son allure presque nonchalante cache une certaine vigilance. Diane qui ne le quitte pas des yeux, sans se l'avouer, le trouve bien sympathique.

Vont-ils le mettre au courant du contenu du portefeuille ?

Chapitre 9
L'inconnu

Diane interroge Jacques du regard. Peuvent-ils faire confiance en cet homme ? Après tout, la découverte du portefeuille restait mystérieuse et leur appartenait, pourquoi la partager avec un inconnu. Jacques, le visage encore marqué par l'hésitation, finit par prendre la parole.

– Je suis en vacances pour quelques jours dans la région, commence-t-il prudemment. Je viens de Brest. Nous sommes arrivés hier, et déjà je me sens transporté par tout ce que j'ai vu.

L'inconnu hoche la tête, ses yeux brillant d'un vif intérêt.

– Qu'avez-vous vu ? demande-t-il, ses mots trahissant une curiosité presque impatiente.

Jacques fronce légèrement les sourcils. Il se demande s'il doit vraiment révéler ce qu'ils ont découvert. Il inspire, cherchant ses mots.

– Nous avons commencé par le village de Lincou, très pittoresque, et puis nous avons pris le chemin des pêcheurs pour rejoindre Brousse, en montant sur la hauteur après le pont des Girbes...

Un silence s'installe. Jacques hésite, le regard fuyant. L'inconnu, toujours près de la dalle sous laquelle il avait émergé, attend la suite, les sourcils légèrement haussés.

– Et ?

Diane prend le relais après avoir consulté Jacques du regard.

– Sur le chemin, nous avons fait une étrange découverte, dit-elle, son ton calme masquant mal son excitation.

Les yeux de l'homme se rétrécissent de curiosité.

– Laquelle ? Cela m'intéresse, dit-il, ses doigts jouant nerveusement avec la torche électrique qu'il tenait en main.

L'atmosphère semblait propice à la confiance, mais. Diane se tourne encore vers Jacques.

– Est-ce qu'on lui dit ? demande-t-elle à voix basse.

Jacques hausse les épaules.

– Comme tu veux, mais... répond-il, visiblement mécontent de partager leur secret avec cet inconnu.

Elle comprend sa réticence et son erreur. Peut-être s'est-elle trop précipitée.

– Donc, si tu préfères, je ne dirai rien, murmure-t-elle.

L'inconnu se relève l'air déçu.

– Cela semble bien mystérieux... Mais si vous ne voulez rien me dire, cela vous regarde, répondit-il d'un ton froid. Moi, je ne vais pas rester ici indéfiniment. Je vous ai révélé l'existence du souterrain en toute confiance, mais visiblement, cette confiance n'est pas réciproque.

Il s'apprête à sortir, visiblement vexé. Jacques soupire, conscient de l'avoir froissé par leur réticence.

– Bon, puisque Diane insiste, nous allons tout vous raconter. Sur le chemin des pêcheurs, j'ai trébuché sur un filet enchevêtré dans les hautes herbes. Dedans, il y avait... ce portefeuille.

Jacques plonge la main dans son sac et sort le vieux portefeuille de cuir, usé et taché par le temps. L'inconnu se rapproche, l'ombre d'un sourire aux lèvres.

– Enfin, nous y voilà ! Que contient-il ? demande-t-il avec un intérêt non dissimulé.

Jacques ouvre le portefeuille, laissant apparaître la feuille de papier pliée en quatre.

– Tenez, voyez vous-même, dit-il sans méfiance en la tendant à l'homme, tout en observant attentivement ses réactions.

L'homme la déplie d'une main tremblante. Son regard se fixe sur le document et son visage se durcit immédiatement. Quelque chose semble l'avoir frappé de plein fouet. Il détourne les yeux, comme s'il venait de voir un fantôme.

– Qui êtes-vous ? murmure-t-il d'une voix presque inaudible, un éclair de panique traversant son regard. Des chercheurs de trésors ?

Il regrette déjà de leur avoir parlé du souterrain.

Diane et Jacques échangent un coup d'œil, intrigués. Ils avaient plus ou moins plaisanté en disant qu'il s'agissait du plan d'un trésor, car, l'idée de la présence d'un trésor caché dans cette région leur semblait irréelle, mais l'expression de l'inconnu laisse peu de place au doute.

– Un trésor ? répète Diane, comme pour s'assurer d'avoir bien entendu. Vous êtes sûr qu'il s'agit d'un trésor caché ?

L'homme reste silencieux un instant, observant attentivement leurs visages. Il tient toujours le document entre ses mains tremblantes, comme s'il pesait son importance.

– Oh, j'en suis sûr, répond-il d'une voix qui se veut détachée, mais où perce une étrange nervosité. Ce que vous avez entre les mains est le plan d'accès à un trésor caché il y a plusieurs siècles, peut-être durant la guerre de Cent Ans, quand les Anglais occupaient cette région. Beaucoup de légendes locales parlent d'un butin jamais retrouvé... Vous pourriez bien être sur sa piste.

Jacques fronce les sourcils, méfiant.

– Et comment savez-vous cela ? demanda-t-il en croisant les bras.

L'homme esquisse un sourire en coin.

– Disons que je m'intéresse depuis longtemps à l'histoire de cette région. J'ai fait quelques recherches personnelles. Ce type de document... j'en ai entendu parler, mais je n'en avais jamais vu un de mes propres yeux, jusqu'à maintenant.

Il s'interrompt, l'air songeur, tandis que son regard se pose à nouveau sur les symboles gravés sur le papier. Diane sent son esprit bouillonner. Un trésor enfoui, un document mystérieux... tout cela la fascine, mais elle n'est pas dupe. Ce serait trop beau. Cet homme pouvait tout aussi bien être un affabulateur, ou pire, un manipulateur.

– Ce document semble vieux, observe-t-elle prudemment, mais comment pouvez-vous être sûr qu'il s'agit bien d'un plan ? Ça pourrait être n'importe quoi, un simple croquis, des notes personnelles...

– Je le sais parce que ces symboles... ce sont des marques que seuls les initiés peuvent comprendre. Regardez ici, ce dessin en haut à gauche. Il représente une croix cerclée, un symbole que l'on retrouve souvent sur les vieilles cartes indiquant des lieux d'importance, souvent liés à des trésors ou des cachettes secrètes. Et ici, cette série de chiffres ? Elle correspond à des coordonnées, mais il faut savoir comment les déchiffrer et là, une roue de moulin…

Jacques et Diane se penchent à leur tour sur le document, essayant de discerner ce que l'homme vient de leur montrer, car ils n'avaient pas vu tout ça. Les chiffres sont presque effacés, mais bel et bien présents, entourés de dessins complexes et de mots à moitié illisibles. L'homme semble être un expert.

– Si ce que vous dites est vrai, commence Jacques, qu'est-ce qui vous fait penser que le trésor est encore là ? Après tout, d'autres peuvent l'avoir trouvé.

Un léger sourire se dessine sur les lèvres de l'inconnu.

– Non parce que ce trésor est protégé, dit-il d'un air grave. Protégé par des pièges anciens, par des malédictions si vous croyez aux légendes. Beaucoup ont essayé de le trouver... peu sont revenus pour en parler.

Le silence qui suit sa déclaration pèse lourdement sur eux. L'air semble s'être soudainement refroidi, et Diane sent un frisson d'effroi remonter le long de sa colonne vertébrale.

– Vous voulez dire que... certaines personnes en sont mortes ? demande-t-elle, presque à voix basse.

L'homme la fixe, ses yeux bleus brillants d'une lueur étrange.

– Peut-être. Ce que je sais, c'est que ce trésor a toujours attiré les plus téméraires. Ceux qui ne craignaient ni la mort ni la folie. Si vous décidez de poursuivre cette quête, vous devez savoir dans quoi vous vous embarquez.

Diane se tourne vers Jacques. Il semble tout aussi troublé qu'elle, mais une étincelle de défi brille dans ses yeux.

– Pourquoi nous révélez-vous tout cela ? demande-t-il d'une voix ferme. Vous ne vous y prendriez pas autrement pour nous décourager. Vous pourriez très bien partir avec le document et garder tout pour vous.

L'inconnu esquisse un sourire énigmatique.

– Disons qu'il est préférable de ne pas être seul dans cette aventure. Nous pourrions y aller ensemble, partager les risques... et les récompenses.

Il tend à nouveau le document à Jacques, mais ce dernier hésite à le prendre, bouleversé par tout ce qu'il vient d'entendre. Il se demande s'il serait bien raisonnable de poursuivre l'aventure, après tout, ils ne sont là que pour quelques jours, et si l'homme abusait de leur naïveté ?

Diane sent que quelque chose cloche et s'étonne de l'hésitation de Jacques. Tout cela lui semble irréel et à la fois dangereux. Ne pourraient-ils pas oublier tout ça ? Cependant, l'idée de ce trésor la captive, mais peuvent-ils accorder leur confiance à cet inconnu surgi des profondeurs ?

– Vous pensez que le trésor est caché dans le château de Brousse ?

– Je n'ai pas dit ça, regardez bien parmi les signes, celui-ci signifie la présence d'un moulin.

– D'un moulin ?

– Oui non loin de Réquista, au bord du Giffou.

– Le trésor serait dans le moulin ?

– Non, mais vous pourriez trouver des indices, des pistes pour poursuivre vos recherches.

– Vous y êtes allé dans ce moulin ?

– Avant de lire ce document, je n'aurais jamais su qu'il avait un rôle à jouer.

– Vous en êtes sûr ? Et si vous essayiez de nous manipuler en nous faisant croire qu'il s'agit d'une piste pour découvrir le trésor afin de nous détourner du château ? ajoute Diane en scrutant l'homme.

Il éclate d'un rire léger, presque moqueur.

– Vous avez bien raison de vous méfier, dit-il, mais je n'ai rien à gagner à vous tromper. Le trésor est immense, suffisant pour que nous trois... si nous réussissons à le trouver.

Un silence lourd suit sa déclaration. Diane et Jacques se regardent une nouvelle fois. Peut-être que cet homme est sincère et qu'il est leur meilleure chance pour percer le mystère du document. Diane prend une profonde inspiration.

– Très bien, dit-elle. Effectuons ensemble les recherches. Mais n'abusez pas de notre confiance.

L'homme sourit, comme amusé, puis, il s'éloigne de quelques pas, les laissant seuls face à leur décision. Les mains dans les poches, il sifflote d'un air détaché, mais son calme apparent ne convainc ni Jacques ni Diane.

– Qu'est-ce que tu en penses ? murmure Diane, s'approchant de Jacques, sa voix à peine un souffle.

Jacques fronce les sourcils, le regard fixé sur la silhouette de l'homme.

– Je ne lui fais pas confiance, répond-il à voix basse. Il en sait trop sur cette histoire de trésor… Ça me paraît trop beau pour être vrai, mais nous n'avons pas le choix.

Diane hoche la tête, elle aussi ressent ce doute. L'homme leur en a dit beaucoup, trop peut-être, pour quelqu'un qu'ils viennent à peine de rencontrer. Qui était-il vraiment ? Et pourquoi leur révéler une information aussi précieuse sans en attendre quelque chose en retour ?

– Tu penses qu'il nous manipule ? demande-t-elle, l'inquiétude teintant sa voix.

Jacques réfléchit un instant, son esprit cherchant des réponses.

– Possible. Ce genre de personne… Il pourrait très bien nous utiliser pour atteindre le trésor, puis se débarrasser de nous une fois qu'il aura ce qu'il veut.

Un frisson parcourt Diane à cette idée. Ils sont seuls ici, au milieu de cette région reculée. Qui saurait ce qui leur était arrivé s'il décidait de les jeter dans le souterrain ? Elle observe l'homme, qui fait mine d'examiner les alentours, comme s'il cherchait quelque chose. Son attitude nonchalante lui paraît de plus en plus suspecte.

– On devrait être plus prudents, murmure-t-elle.

Soudain, l'inconnu se retourne vers eux, son visage affichant un sourire parfaitement maîtrisé.

– Alors, vous avez pris votre décision ? demande-t-il, son ton légèrement moqueur, comme s'il savait déjà ce qu'ils allaient répondre.

Jacques fait un pas en avant, le regard dur.

– Pourquoi est-ce que vous nous aideriez ? demande-t-il brusquement.

L'homme ne semble pas déstabilisé par la question. Il hausse légèrement les épaules, son sourire s'élargissant.

– Pourquoi pas ? Vous ne connaissez pas la région aussi bien que moi. Ce trésor est immense, bien trop pour une seule personne. Et puis... j'aime l'idée d'un peu de compagnie dans cette aventure et vous me semblez sympathiques sous vos airs de méfiance.

Jacques plisse les yeux, peu convaincu par cette réponse.

– Vous voulez que nous mettions nos efforts en commun ?

– C'est bien ça, vous avez le document et moi je peux vous guider dans vos recherches. Disons que le lieu où se trouve ce trésor est... dangereux. Très dangereux. Je pourrais m'y rendre seul, mais cela serait suicidaire.

Diane sent une montée d'adrénaline en entendant ses paroles. « Suicidaire ? » Le mot résonne dans son esprit comme un avertissement.

– Pourquoi n'avez-vous pas mentionné ce "danger" plus tôt ? demande-t-elle avec une pointe d'agacement.

L'inconnu soupire, levant les yeux au ciel comme si tout cela n'était qu'un détail sans importance.

– Parce que vous auriez abandonné avant même d'avoir commencé. Vous semblez ... déterminés. Je pensais que vous étiez prêts à prendre des risques.

Jacques serre les dents. Il ne peut s'empêcher de penser que l'homme les manipule, jouant sur leur curiosité et leur envie d'aventure pour les pousser à avancer. Le danger qu'il évoquait n'était peut-être qu'un prétexte pour les exciter.

– Et vous, qu'est-ce que vous faites dans cette région, exactement ? demande Jacques, changeant de sujet pour tenter de mieux cerner leur interlocuteur. Vous n'avez pas l'air d'un touriste.

L'homme esquisse un sourire mystérieux.

– Disons que je suis natif de la région et passionné d'histoire. Je parcours les vieux sites, j'étudie les légendes locales. C'est tout ce que vous avez besoin de savoir pour l'instant.

Cette réponse évasive ne fait qu'accroître la méfiance de Jacques. Il jette un coup d'œil à Diane, qui semble tout aussi dubitative. Ils ne savaient toujours rien de cet homme. Pas son nom, pas son passé, et maintenant il leur parlait de « danger » comme s'il s'agissait d'une simple formalité.

– Et moi, à qui ai-je l'honneur ?

– À deux touristes venant de Bretagne.

– Pourquoi nous avoir révélé l'existence du souterrain ? Comment êtes-vous sûr que nous n'en parlerons à personne ?

– Je vous fais confiance, mais la confiance n'est pas réciproque, hélas. Si le destin nous a fait nous rencontrer en ce lieu aujourd'hui c'est qu'il avait pour nous de grands projets.

En consultant sa montre, le regard de l'inconnu s'assombrit légèrement.

– J'ai terminé brillamment mon exploration, à présent, je dois continuer vers Brousse, il se fait tard. Faisons le chemin ensemble et nous poursuivrons cette conversation. Ensuite comme je dois remonter à Réquista, je vous déposerai sur l'aire de repos de Lincou où vous avez sans doute laissé votre voiture. C'est ainsi que font les randonneurs habituellement.

– Nous acceptons volontiers votre proposition et nous reviendrons demain pour la visite du château.

– Je vous servirai de guide et vous montrerai des particularités que tout le monde ne connaît pas. Brousse-le-Château fait partie de l'association « Les Plus Beaux Villages de France ». Le château datant du moyen-âge est à visiter absolument. Son église, son oratoire, ses maisons de caractère, et son pont de style roman font de ce village médiéval un site exceptionnel. Demain, dimanche, je serai absent, mais plutôt lundi vers 10 heures.

– Entendu, peut-être à lundi si nous n'avons pas d'empêchement.

Jacques et Diane reprennent confiance, peut-être se sont-ils montrés trop méfiants alors que l'inconnu ne pensait qu'à les aider et à participer à une grande aventure.

Au bout d'une demi-heure de marche, ils atteignent le village près d'une statue de la Vierge.

– Ma voiture est garée devant le restaurant, je vous emmène et il tend sa carte de visite à Jacques qui lit son nom « Alain Nartraque, professeur de géographie à l'université de Toulouse ».

– Quels sont vos prénoms, dit-il en retour.

– Jacques et Diane en vacances à Réquista chez ma mère.

– Soyez prudents si vous vous rendez au moulin, vous trouverez les ruines à 3 kilomètres de Réquista en contrebas dans un virage.

– Vous ne voulez pas venir avec nous ?

– Je suis occupé toute la journée de dimanche, bonne chance ! Et à lundi.

Chapitre 10
Les commentaires sur la journée

Vers 17 h 30, ils ont retrouvé leur véhicule où ils l'avaient laissé et font des signes de la main à Alain qui semble avoir gagné leur confiance.

– Que penses-tu de ce type ? interroge, Jacques.

– Il est peut-être digne de confiance, nous l'avons mal jugé, nous sommes trop méfiants.

– Tu as l'air de le trouver sympathique, ajoute Jacques en plissant les sourcils, est-ce que par hasard…

– N'en rajoute pas. La chaleur n'est pas encore tombée et un petit bain rafraîchissant sera le bienvenu. Allons devant le restaurant du château, propose-t-elle, il y a une petite plage.

Jacques, qui connaît le chemin à présent, fait demi-tour. Comme partout ailleurs la berge est déserte et la rivière est à eux. La verdure des berges communique sa couleur au plan d'eau qu'un barrage en aval a transformé en un petit lac profond.

– Autrefois, la rivière coulait sur un lit de cailloux et l'on pouvait la traverser aisément en été.

Jacques constate :

– Tout est bien aménagé, rampe de mise à l'eau pour les embarcations, aire de pique-nique... mais où sont les gens ?

– Nous sommes les seuls. Autrefois j'ai connu une piscine, un peu plus loin, qui attirait des tas de jeunes, l'endroit était bruyant et des éclats de rire fusaient mêlés au bruit de l'eau.

– Pourquoi a-t-elle disparu ?

– Faute de surveillant. Depuis, le coin est très calme, trop calme. En ma jeunesse, j'ai vu ici même des stages de canoë-kayak, des pédalos, une piscine délimitée.

– Tout semble déserté, pourquoi ?

– Il y a bien une piscine privée, mais elle appartient au domaine qui gère le camping et le restaurant du château. Tout a changé.

– La baignade n'est pas interdite, j'espère ?

– Il n'y a pas de panneau l'interdisant.

La voiture stoppe à l'ombre et les maillots sont déjà mis sous les vêtements qu'ils n'ont qu'à quitter.

– Attention, dit Diane, ce n'est pas une piscine, des rochers peuvent être cachés par l'eau.

Tartine saute sans crainte avec eux et tous les trois s'ébrouent dans l'eau fraîche de la rivière.

– Je traverserai bien, dit Diane.

– Sois prudente, alors.

Jacques la regarde s'éloigner, mais elle fait demi-tour en disant :

– Il y a trop d'algues, ce sera pour une autre fois.

En barbotant dans l'eau, ils discutent :

– Que penses-tu de cette journée ? interroge Diane.

– Elle a été riche en émotions, j'ai l'impression qu'elle a duré plusieurs jours.

– En effet, nous n'avons pas arrêté depuis la découverte du portefeuille dans le filet.

– Et tu oublies ma chute ! et il éclate de rire.

– Une chute providentielle qui nous a permis de découvrir le portefeuille et le plan d'un trésor.

– Pas si fort, on pourrait t'entendre.

– Mais nous sommes seuls.

Soudain, Jacques dresse l'oreille en même temps que Tartine. Il lui semble avoir entendu une portière se fermer doucement.

– Tu as entendu ?

– Une voiture vient de s'arrêter, tu t'inquiètes pour si peu ?

– Non, ce n'est pas une voiture on l'aurait entendu rouler. C'est la portière de ma voiture. Quelqu'un l'a ouverte puis refermée.

– Tu te fais un film ! Nageons encore un peu.

Mais il ne l'écoute pas. Méfiant, il sort de l'eau et court, pieds nus, sur les cailloux puis sur l'herbe. Une silhouette s'enfuit au loin.

L'inquiétude de Jacques est contagieuse, Diane le suit en maillot de bain.

– Qu'est-ce que c'était ?

– Depuis ce matin, j'ai la sale impression d'être suivi.

– Tu te fais des idées.

– Déjà en visitant Lincou, j'avais cette impression et ensuite sur le chemin des pêcheurs.

– Cette histoire de trésor te tient en alerte, tu n'as plus l'esprit tranquille.

– Et si on m'avait dérobé mon sac à dos pendant la baignade ?

La tension de Jacques la gagne. Elle appelle Tartine qui flairera peut-être une présence, mais la chienne ne veut pas sortir de l'eau.

Jacques se précipite vers la voiture, ouvre la portière et cherche son sac sous les vêtements jetés pêle-mêle sur le siège arrière, mais le sac n'y est pas.

– On me l'a volé avec le document. C'est l'architecte j'en suis sûr. Il nous aura suivis ! Il ne fallait pas lui faire confiance, à présent nous n'avons plus d'indications sur le trésor.

Diane le regarde s'énerver et au bout d'un moment déclare :

– Mais non, on ne t'a pas volé ton sac, j'avais pris la précaution de le glisser sous mon siège. Regarde, il y est encore.

– Tu m'as fait peur ! Tu ne pouvais pas le dire tout de suite ! Ne me refais jamais un coup pareil.

– C'est promis, juré ! Mais attention, ton imagination est en train de te jouer des tours. Ce trésor te monte à la tête, tu deviens nerveux.

Pour mettre fin à la discussion, Jacques fait remarquer :

– Il est 18 h 30 nous devons rentrer si nous devons aller ce soir au restaurant avec ta mère.

Le retour est silencieux, la première journée a été rude. Que réservera la suivante ?

– Alors comment ça s'est passé ? interroge Pierrette à leur arrivée.

– Très bien, dit Jacques, j'apprécie de plus en plus votre belle région.

– Qu'avez-vous vu ?

– Le village de Lincou, la vue au sommet du calvaire est magnifique. Puis, nous avons pris le chemin des pêcheurs jusqu'à Brousse.

– Vous avez visité le château ?

– Non ce sera pour lundi, nous n'avions pas suffisamment de temps. Nous y retournerons et mangerons au restaurant. Au fait tu as réservé pour la « Guinguette » ? interroge Diane.

– Oui pour 20 heures ça nous donnera le temps d'y aller.

– C'est loin ? demande Jacques.

– Vingt minutes environ, le cadre au bord du Tarn est merveilleux.

Tartine est enfermée dans la véranda :

– Laisse-lui une ouverture sur le jardin, dit Diane à sa mère.

– Comme tu voudras.

– Tu seras sage, recommande Diane. Tu ne feras pas de misère à Phanie ?

– Phanie est bien trop craintive pour s'aventurer auprès d'elle, elle passe son temps dans ma chambre.

Jacques va découvrir une portion du trajet très pittoresque de Lincou à Trébas, car la route suit la vallée. Le soleil qui n'est pas encore prêt à se coucher inonde la rivière de lumière tandis que les rives s'assombrissent.

– Vous n'êtes guère bavards, constate finement Pierrette, vous êtes sûrs que tout s'est bien passé ?

Elle soupçonne des choses cachées, mais elle ne questionnera pas.

– Nous sommes un peu fatigués, nous avons beaucoup marché.

Diane n'a pas envie de lui donner tous les détails d'une journée qui va sans doute les mener sur un chemin scabreux.

Le cadre du repas est sympathique, tout est réuni pour que les nombreux campeurs passent un bon séjour. Un court de tennis, des terrains pour la pétanque, une salle pour les concerts, des aires de jeux pour enfants, un plan de baignade délimité dans la rivière, un départ pour une rando en canoë-kayak, le restaurant, la buvette, rien ne manque. L'endroit est vivant, les boules de pétanque claquent, les touristes sont nombreux à table, c'est un petit paradis …

– Quel endroit merveilleux, déclare Jacques, c'est la première fois de la journée où je vois autant de personnes rassemblées.

– Nous y reviendrons demain pour la balade en kayak.

– J'ai hâte d'y participer, ça me changera de la régate.

– Il faudra pagayer et ne pas se renverser, certains passages sont scabreux. Après plusieurs kilomètres, une navette nous ramènera au point de départ.

– Super ! Voyons ce que propose le menu.

– C'est moi qui invite, dit Pierrette, prenez ce que vous voulez.

Les conversations vont bon train, mais Pierrette n'en apprendra pas plus sur le déroulement de la journée.

Au retour, vers 23 heures passées depuis longtemps, la ville est noire après l'extinction de l'éclairage public. Ils trouvent une place devant la maison puisque la rue est bouchée d'un côté par des engins de terrassement.

Pierrette met la clé dans la serrure quand une voix mécontente se fait entendre à leurs oreilles :

– Vous voilà enfin ! Avec les aboiements de votre maudit chien, je n'ai pas fermé l'œil or je me lève tôt demain matin.

– Veuillez accepter mes excuses, Monsieur, dit Pierrette, sans distinguer le visage du plaignant. Nous allons l'enfermer à l'intérieur. D'ordinaire quand elle aboie c'est qu'elle a des raisons.

– Que cela ne se reproduise plus ! J'étais à deux doigts d'appeler les gendarmes.

Pierrette ne répond pas et ouvre la porte pour laisser entrer Jacques et Diane consternée qui gronde Tartine :

– Vilain chien, tu ne resteras plus seul désormais. Il fallait que ce râleur intervienne pour gâcher cette belle journée !

– Bon je vais me coucher, dit Pierrette.

– Bonne nuit, dit Diane.

Ils s'assoient sur les marches de l'escalier pour regarder les étoiles.

– À cette heure en Bretagne, il ferait déjà froid alors profitons de la fraîcheur de la nuit. Nous verrons quel sera le premier de nous deux à apercevoir une étoile filante.

Chapitre 11
Le vieux moulin

Le soleil se lève à peine quand ils sortent de leur chambre le dimanche matin après une nuit agitée par des rêves troublants où ils découvrent un fabuleux trésor d'or et d'argent enfoui dans les ruines d'un moulin.

– Vous êtes bien matinaux ? remarque Pierrette.

– Notre emploi du temps est encore chargé aujourd'hui.

– Quel en est le programme ?

– La descente en canoë-kayak de Trébas à Ambialet et la baignade.

Lors du petit déjeuner Diane interroge sa mère d'un air anodin :

– Tu connais un vieux moulin abandonné non loin ?

– Oui, je crois que ton père m'en parlait quand il allait à la pêche, il ne doit pas en rester grand-chose. Pourquoi cette question ?

– Pour rien, répond-elle évasivement.

Pierrette, discrète, ne cherche pas à en savoir davantage, elle a autre chose à faire.

À 10 heures, la température est déjà élevée et la journée promet d'être chaude, mais ils sont venus en Occitanie pour avoir chaud et ils sont ravis. Ils se mettent en route, en suivant la direction « Rodez ».

– Je vois où se trouve ce moulin, ou ce qu'il en reste, dit Diane.

Au bout de trois kilomètres d'une route qui descend vers une petite rivière presque à sec, Jacques gare la voiture en contrebas à l'abri des regards. Ils avancent avec précaution, dans un chemin où ronces et orties prolifèrent. Diane garde un œil sur les alentours, son instinct la poussant à rester vigilante. Quelque chose clochait.

– Pourquoi l'archéologue nous a-t-il envoyés là ? Quel rapport avec le trésor ? demande Diane. Nous sommes bien naïfs de l'avoir écouté. S'il y avait quelque chose, il serait venu chercher avec nous.

– Il a dit qu'il était pris ce dimanche.

– Tu le crois ?

– Nous n'avons pas le choix.

Lorsqu'ils atteignent les ruines du moulin, une étrange sensation d'inquiétude s'abat sur eux. Le lieu, bien que pittoresque, semble déserté depuis des décennies. Les murs de pierre se sont effondrés par endroits, et une végétation dense a envahi les lieux, cachant une partie du bâtiment.

– C'est ici que ça commence, déclare Jacques en consultant le document. Il y a un symbole sur la carte qui correspond à ce moulin. Il doit y avoir eu quelque chose ici.

Ils parcourent les ruines avec précaution, scrutant chaque recoin à la recherche d'un indice. Jacques passe plusieurs minutes à examiner une dalle fissurée près de l'entrée, tandis que Diane explore l'espace entre les murs. Tartine semble se complaire à fouiner et débusque une sorte de gros lézards peu sympathiques. Sur une pierre, une inscription attire le regard de Diane.

– Jacques ! Viens voir, appelle-t-elle, sa voix légèrement tremblante.

Il la rejoint rapidement et ensemble ils contemplent la pierre verdâtre sur laquelle ils identifient un signe qui ressemble à la croix des Templiers, mais à demi effacée par le temps.

Jacques prend une photo de l'indice et tente de soulever la pierre.

– Elle n'est pas très lourde, constate-t-il, on pourrait même l'emporter.

– Ils seraient donc passés par ce moulin ?

– Sans aucun doute, dit Jacques.

– Tu crois que le trésor pourrait être caché sous terre, comme il l'a dit. Ou c'est un piège, rétorque Diane, méfiante. Quelqu'un peut avoir amené cette pierre ici pour nous induire en erreur.

– Ce n'est pas faux, mais nous allons la ramener dans la voiture, ainsi plus d'indices pour d'autres chercheurs.

– Tu penses à tout, farceur !

À l'intérieur des murs, l'air est lourd et humide, une odeur de terre et de moisissure imprègne les lieux. Jacques éclaire chaque pierre à l'aide de la lampe torche qu'il a emportée, à la recherche d'autres traces, mais en vain.

– Attends... Ça me paraît trop facile. Quelque chose ne va pas. On dirait que tout a été préparé pour notre arrivée, dit Diane.

Jacques fronce les sourcils, mais il sent aussi la tension qui monte en lui. Cet indice avait l'air parfait, trop parfait, comme s'il les attendait.

– Tu crois que c'est un piège ? demande-t-il.

– Oui. Cet homme nous a dit de venir ici. Il a très bien pu déposer cette pierre hier au soir pour nous faire suivre une fausse piste ? Ça expliquerait pourquoi il nous a signalé ces ruines. Il doit les avoir explorées depuis longtemps et il savait que nous ne trouverions rien.

Jacques réfléchit un instant.

– Tu as raison, dit-il enfin, on ne peut pas lui faire confiance. Ne perdons pas notre temps ici.

Quand ils se retirent des ruines du moulin, ils entendent une voiture redémarrer à toute vitesse.

– Nous étions espionnés, peut-être l'historien qui est venu voir si on avait mordu à l'hameçon ?

– Il se joue de nous ! Il nous manipule, mais pourquoi ?

Ils s'éloignent du lieu, mais Jacques charge la mystérieuse pierre dans le coffre de la voiture afin de l'examiner plus commodément au grand jour.

– On doit être plus malins que lui, déclare Jacques. S'il y a vraiment un trésor, ne nous faisons pas d'illusion, nous ne le trouverons pas facilement. Ne vaudrait-il pas mieux y renoncer et oublier ce maudit portefeuille qui va perturber notre délicieux séjour ?

– Tu as peut-être raison, confirme Diane.

Chapitre 12

Le dimanche

Alors qu'ils refont le trajet pour revenir chez Pierrette, Diane brise le silence :

– Je dois avouer que je n'arrête pas de repenser à ce portefeuille que nous avons trouvé hier… Et cette note énigmatique.

– Oui… Peut-être qu'on est passés à côté de quelque chose d'important au Moulin. Nous nous sommes découragés trop vite, et si l'homme disait vrai ?

Diane fronce les sourcils, réfléchissant.

– Maintenant que tu le dis, il y avait peut-être plus que ce qu'on a vu. On devrait y retourner plus tard.

Après cette visite décevante, Diane et Jacques, un peu désorientés, sont heureux de retrouver Pierrette. Elle les accueille avec un sourire chaleureux et un repas réconfortant, concocté avec soin à partir de produits du terroir. L'odeur alléchante de l'aligot fondant et de l'agneau rôti embaume la pièce, enveloppant les deux aventuriers d'une douce chaleur.

– Ça sent bon ! lance Diane avec enthousiasme.

– Nous allons nous régaler, dit Jacques.

– Ce ne sera peut-être pas aussi bon qu'à la guinguette, dit Pierrette en présentant le plat.

– Ne sois pas si modeste. Tu sais bien que c'est faux, tu es un excellent cordon bleu, la taquine Jacques.

Pierrette sourit, flattée, en agitant une main dans leur direction.

– N'en dis plus, mes chevilles vont gonfler !

Ils savourent chaque bouchée, appréciant la simplicité et la richesse des saveurs. Après le repas, la chaleur étouffante de l'après-midi les pousse à faire une courte sieste. Ils s'endorment, bercés par les bruits lointains des insectes bourdonnant autour de la maison, avant de se préparer pour la prochaine aventure.

Quelques heures plus tard, ils retournent à la guinguette, point de départ de leur descente en kayak. Sur l'herbe près du camping, des kayaks aux couleurs vives sont alignés, leurs pagaies prêtes, scintillant sous le soleil brûlant. Jacques et Diane enfilent leurs gilets de sauvetage et ajustent soigneusement leurs chaussures et leur casquette. La crème solaire est essentielle en cette journée de presque trente degrés, le soleil semble étinceler encore plus fort en se reflétant sur la surface miroitante du Tarn.

L'eau est accueillante, fraîche sous la chaleur accablante qui ne décourage pas de nombreuses familles, prêtes elles aussi à embarquer pour une promenade de plusieurs kilomètres. Diane et Jacques glissent leur canoë dans la rivière, puis, chacun tenant fermement sa pagaie, ils se lancent doucement sur l'eau. Les premiers instants sont calmes : le courant les porte sans effort, et ils savourent la vue des hérons sur la rive, observateurs silencieux, scrutant leur passage avec une curiosité majestueuse.

Alors qu'ils passent sous le pont de Villeneuve, les premières secousses se font sentir. Des rapides apparaissent au loin, et leurs rires éclatent tandis qu'ils se préparent à manœuvrer avec habileté. Diane heurte un rocher avec fracas, mais d'un grand coup de pagaie, elle se redresse et éclate de rire, éclaboussant Jacques au passage.

– T'as vu ça ? Je suis une vraie pro ! dit-elle en riant, les joues rougies par l'excitation.

Sur les plages de galets qui bordent le Tarn, des familles les saluent, des enfants agitent leurs mains et des chiens courent joyeusement le long de l'eau. Tartine, nichée près de Diane, observe tout cela avec ses grands yeux curieux, savourant chaque instant de cette promenade.

Par moments, le courant se fait plus faible et le canoë frotte contre les cailloux, forçant Jacques et Diane à déployer plus d'efforts pour avancer. La descente, bien que parsemée de passages difficiles, leur offre aussi des moments de calme où ils peuvent admirer les paysages verdoyants et écouter le chant des oiseaux qui résonne dans la vallée.

Enfin, ils arrivent à Ambialet, où la navette les attend pour les ramener à Trébas. Jacques, un sourire satisfait aux lèvres, se tourne vers le conducteur qui l'attend.

– Alors, ça vous a plu ? demande ce dernier.

– Ah oui, c'était génial ! Je ne regrette pas cette descente, s'exclame Jacques, les yeux pétillants. Certains passages étaient difficiles, mais je m'en suis bien sorti sans chavirer !

Diane lui donne une petite tape dans le dos, fière de lui.

– Je te l'avais bien dit que ça valait le coup !

La chaleur de l'après-midi commence à décroître, laissant place à une légère brise qui fait danser les feuilles des peupliers le long de la rivière. Jacques et Diane se dirigent tranquillement vers leur voiture, avec cette sensation de fatigue agréable que l'on ressent après une journée bien remplie. La descente en kayak les a détendus, les éloignant pour quelques heures des pensées obsédantes du trésor. Mais, tandis qu'ils quittent la rive, un sentiment d'inachevé commence à les gagner.

Après un dernier verre bien frais à la guinguette, ils s'apprêtent à prendre la route, mais les amis de Diane qui viennent d'arriver les invitent à manger avec eux, sous les lampions et la soirée n'est pas prête à se terminer. Ils forment une joyeuse tablée. Jacques a tout de suite adopté les amis de Diane. Comme s'il les connaissait depuis longtemps, il partage leurs plaisanteries et il passe une soirée bien sympathique.

Un petit orchestre invite les danseurs sur la piste et Diane ne résiste pas à se contorsionner élégamment, suivie par d'autres clients du restaurant.

Mais le temps passe, l'air fraîchit, il faut avoir le courage de se quitter.

– Quel est votre programme pour lundi ?

– Nous visitons le château de Brousse.

– Bonne visite, alors car nous, on le connaît par cœur.

Chapitre 13

Retour à Brousse

À une heure tardive, Jacques et Diane rentrent sur la pointe des pieds pour ne pas réveiller Pierrette, dont la respiration lente et régulière indique un sommeil profond. Ils s'efforcent de ne pas faire de bruit pour ne pas attirer l'attention de Phanie, échangent un sourire complice, puis se glissent dans leurs chambres respectives. La fatigue les emporte rapidement et bientôt, ils sombrent dans un sommeil où rêves et souvenirs se mêlent. Jacques se voit de nouveau sur le kayak, le bois de la pagaie tremblant entre ses mains alors qu'il fend les flots impétueux de la rivière, chaque coup plongeant dans l'eau glacée, l'éclabousse de gouttelettes fraîches. Diane, quant à elle, se trouve transportée sur une piste de danse imaginaire ; dans son rêve, elle enchaîne les pas en cadence, tapant du pied dans son lit, comme pour marquer le rythme d'une musique qu'elle seule entend. Leurs rêves les bercent d'aventures et de souvenirs et, même si la nuit est courte, ils se réveillent dès l'aube avec une énergie nouvelle, prêts à affronter un autre jour d'exploration.

Ce lundi matin, alors qu'ils prennent un petit-déjeuner léger, Pierrette les rejoint, l'air frais et reposé.

– Bonjour ! Alors, vous avez passé une bonne journée hier ? demande-t-elle en leur servant une tasse de café fumant.

– Oui, la balade en canoë-kayak était formidable, s'exclame Jacques avec un sourire enthousiaste. Chaque jour ici est un enchantement.

– Tant mieux ! Au moins, tu ne regretteras pas trop ta sortie en mer avec ton frère, dit Pierrette en lui adressant un clin d'œil.

– Pas du tout, d'autant plus que la météo n'était pas favorable pour la sortie, répond Jacques en haussant les épaules.

– Tu as compensé par une sortie en rivière. Et aujourd'hui, qu'avez-vous prévu ? demande-t-elle en se tournant vers Diane.

– Nous avons rendez-vous avec un guide pour visiter le château de Brousse.

– Ah ! Oui, un lieu magnifique, chargé d'histoire et plein de souvenirs pour toi, non ?

– Diane roule des yeux, esquissant un sourire amusé.

– Oui, maman, mais tu raconteras ma vie une autre fois ! Allez, Jacques, dépêchons-nous de prendre une douche et de partir. N'oublie pas ton sac à dos ! Maman, on te laisse Tartine aujourd'hui, faites bon ménage.

– Pas de souci, pars tranquille.

Vers dix heures, ils se retrouvent devant le restaurant de Brousse. Le soleil du matin dore les pierres anciennes et l'air est chargé de l'odeur des herbes sauvages. Ils attendent patiemment l'arrivée de leur guide, mais personne ne vient. S'installant à une table de la terrasse, juste au pied des remparts imposants, ils commandent des boissons rafraîchissantes. Jacques laisse son regard se perdre sur la structure du château, admirant les vieilles pierres, érodées, mais pleines d'histoires, chaque pierre semblant raconter une bataille, un amour, ou une trahison.

Pendant ce temps, un petit groupe de randonneurs sort de l'hôtel. Équipés de chaussures de marche, de bâtons et de sacs à dos, ils semblent bien préparés pour une journée d'efforts. La plupart sont des seniors, mais leur allure et leur sourire trahissent une vigueur intacte.

– Où vont-ils ? demande Diane à la patronne en la voyant apporter des boissons à une table voisine.

– Ils prennent le chemin de randonnée vers Lincou, lui répond la patronne.

– Ah, le chemin des pêcheurs, c'est le même que nous avons emprunté samedi, dit Diane, l'air songeur.

– Mais il n'était pas censé être fermé samedi ? dit la patronne, surprise.

– Fermé ? Non, je ne pense pas. Ce sentier est toujours ouvert.

Cette remarque étonne Diane. Pourquoi un chemin de randonnée serait-il fermé sans signalisation ? La question reste suspendue dans l'air, alors que la petite ruelle s'anime lentement autour d'eux. Des passants glissent entre les murs étroits, certains empruntent le vieux pont de pierre qui mène vers le château, tandis que d'autres bavardent en se rendant à la boutique voisine, pour acheter une poterie. Il est déjà dix heures trente, l'archéologue ne s'est toujours pas montré. Diane commence à perdre patience, jetant des regards inquiets autour d'elle.

Elle se retourne vers la patronne et l'interpelle de nouveau.

– Excusez-moi, vous connaissez un certain Alain Nartraque ? Il nous a donné rendez-vous pour visiter le château aujourd'hui.

La patronne, fronce les sourcils, plonge dans ses souvenirs et répond :

– Ce nom ne me dit rien, désolée.

Diane insiste, décrivant l'homme :

– Il est professeur d'histoire à Toulouse, un passionné d'archéologie. Il nous avait même raccompagnés jusqu'à sa voiture samedi, devant votre restaurant.

La patronne secoue lentement la tête, l'expression indéchiffrable :

– Non, vraiment, ça ne me dit rien. Je ne pense pas l'avoir vu ici.

Diane a l'impression qu'elle ne veut pas en dire plus.

Le silence se fait lourd.

Jacques et Diane échangent un regard soupçonneux, une tension muette passe entre eux. La situation prend une tournure étrange. Ils règlent leurs consommations et se dirigent vers le château, les pas lourds d'inquiétude. En traversant le pont gothique, ils s'arrêtent un instant, captivés par la croix qui orne son centre et qui semble marquer un passage du monde moderne vers le moyen-âge. Les pavés sous leurs pieds, usés par des siècles de pas, sont glissants et Diane sent un léger courant d'air froid la traverser, malgré le soleil qui s'élève dans le ciel.

Arrivés à l'entrée du château, ils scrutent les alentours, leur espoir diminue de minute en minute. Personne ne les attend. Résignés, ils achètent des billets pour une visite libre. À l'intérieur, le château dévoile son caractère imposant et austère, un rappel brut de son passé tumultueux. Les remparts sont couronnés de mâchicoulis, et d'innombrables meurtrières criblent les murs épais, témoins muets des guerres anciennes. Dans la salle d'exposition, Diane laisse son regard glisser sur les murs de pierre. Il s'arrête sur une gravure ancienne, qui semble vaguement représenter une fillette en pleurs.

– Hélène… murmure-t-elle. Captive ici à seulement six ans… Trois années de solitude jusqu'à son mariage avec le seigneur.

Jacques hoche la tête, l'air grave. Le château semble imprégné de cette tristesse, une mélancolie qui s'attache à eux alors qu'ils parcourent les salles, leurs pas résonnent dans le silence froid des couloirs.

L'absence d'Alain Nartraque leur pèse, une énigme non résolue. Et si cet homme n'était pas qui il prétendait être ?

Après deux heures de déambulation, ils sortent, l'esprit tourmenté, le cœur un peu lourd. Jacques essaie de rompre la tension en affichant un sourire timide.

– Un bon repas au restaurant nous ferait du bien, tu ne crois pas ? dit-il. La visite en valait la peine.

– Oui… Et dire que ce château tombait en ruines autrefois. C'est grâce à l'association « Vallée de l'amitié » et aux jeunes bénévoles venus de toutes parts qu'il a été sauvé, tu te rends compte ? dit Diane, tentant de se changer les idées.

– Une bonne action pour préserver ce lieu exceptionnel, répond Jacques en hochant la tête.

Elle acquiesce :

– D'accord pour le repas, mais ensuite, nous pourrions repasser près des ruines où nous avons rencontré l'archéologue samedi, non ? Peut-être qu'il y sera encore, si on a de la chance.

Jacques hausse les épaules et ajoute :

– Peu probable, mais qui sait ? On peut toujours essayer.

Ils descendent le sentier qui mène au restaurant, un peu découragés, mais Diane sent une énergie étrange monter en elle, une impatience mêlée de mystère, comme si quelque chose les attendait encore, prêt à changer le cours de leur journée. Leurs esprits fourmillent de questions sans réponse, et l'absence d'Alain Nartraque plane au-dessus d'eux. Ils se sentent trahis.

Chapitre 14
La déception

Après un repas copieux et savoureux composé d'une truite, car Jacques voulait goûter au poisson de rivière, vers quinze heures, ils se retrouvent pour le café, attablés sur la terrasse ombragée, étirant paresseusement leurs jambes dans la chaleur étouffante de l'après-midi. Un silence complice s'installe entre eux, le calme troublé seulement par le bourdonnement des insectes et les rires des autres clients.

– Alors, tu te sens le courage de marcher jusqu'aux ruines après ce bon repas ? demande Jacques, un sourire en coin.

Diane fronce malicieusement les sourcils, ses yeux pétillants d'excitation.

– Pourquoi pas ? J'aimerais bien soulever la dalle et apercevoir l'entrée du souterrain.

Jacques fait semblant de s'étonner.

– Tu n'aurais pas l'idée de l'explorer, j'espère ?

– Pourquoi pas ? rétorque-t-elle, une lueur d'audace dans le regard. Si l'archéologue a fait le trajet dans un sens, nous pourrions essayer de le faire dans l'autre. Ce sera notre défi de l'après-midi.

Jacques la fixe un instant, puis éclate de rire.

– D'accord, c'est parti ! Ne nous surchargeons pas. On laisse tout dans la voiture, on n'en a pas pour longtemps, ajoute-t-il.

– Je prends quand même la torche électrique, dit-elle, prévoyante.

– Inutile, j'ai celle du portable, lui répond Jacques, tout en se levant avec entrain.

Avec l'enthousiasme de deux enfants partant à l'aventure, ils quittent la terrasse, laissant derrière eux l'agitation du village. En remontant la rue centrale, le chant des cigales les enveloppe d'un bruit de fond apaisant. La statue de la Vierge qui se dresse sur leur passage semble les observer avec bienveillance, comme la gardienne des secrets du village.

Ils s'engagent ensuite sur le sentier étroit, qu'ils commencent à bien connaître, entouré de buissons et de chênes qui forment une voûte au-dessus de leurs têtes en filtrant les rayons du soleil. L'air est empli du parfum de la terre et des herbes sèches. Leurs pieds soulèvent la poussière.

– Ne marche pas si vite ! proteste Diane, légèrement essoufflée.

Jacques se retourne, un sourire taquin aux lèvres.

– Aurais-tu trop mangé ? plaisante-t-il.

– Nous ne sommes pas si pressés, dit-elle en reprenant son souffle, tandis qu'un sourire trahit l'amusement de Jacques.

– Moi, si, parce que je veux voir si des randonneurs se dirigent aussi vers les ruines.

Ils accélèrent le pas, franchissant les pierres traîtresses et les buissons griffant les mollets. Leur progression s'accompagne d'un sentiment de nervosité mêlé d'excitation à mesure qu'ils approchent de leur destination. Jacques se voit déjà soulever la dalle, révélant l'entrée sombre et mystérieuse du souterrain. L'idée d'explorer l'inconnu fait battre son cœur plus vite et il perçoit dans le regard de Diane la même lueur d'anticipation.

Enfin, après vingt minutes de marche, ils émergent à l'orée du champ de blé fraîchement moissonné. Mais quelque chose cloche. Là, où le samedi s'élevait un bosquet ombragé dissimulant les ruines, ils ne retrouvent que des arbustes dispersés et une étendue vide. Un frisson les traverse. L'endroit semble avoir changé comme par magie, effaçant leur point de repère.

– Jacques... souffle Diane, fixant l'espace devant eux. C'est ici, n'est-ce pas ?

Jacques, silencieux, scrute le paysage d'un regard perçant, l'esprit en alerte. Ils échangent un regard, comme s'ils redoutaient tous deux de découvrir ce qui aurait bien pu transformer le paysage.

– Nous nous serions trompés ? dit Jacques, la voix pleine d'inquiétude.

– Mais non, le bois se trouvait à côté du champ, affirme Diane, le regard fixé sur l'endroit. Revenons sur nos pas.

Ils pivotent et avancent prudemment, leurs pas crissent sur les brindilles sèches. Mais alors qu'ils s'approchent d'un bouquet d'arbres, ce ne sont pas les ruines familières qui apparaissent.

Derrière les troncs abattus, un immense bulldozer trône, monstrueux et menaçant, comme une bête mécanique en sommeil. Les pierres des ruines sont éparpillées en mille fragments, réduites à de la rocaille. Des arbres entiers gisent là, leurs troncs déchiquetés par la violence des engins et le sol est jonché de branches brisées, telles des ossements éparpillés.

– Que... que s'est-il passé ? bredouille Jacques, les yeux écarquillés d'horreur. Pourquoi ont-ils rasé les ruines ? Et qu'est devenu le passage souterrain ?

Diane se tient à ses côtés, aussi atterrée que lui, le souffle coupé. C'est comme si le sol se dérobait sous leurs pieds. La quête qui les animait, tous leurs espoirs et leurs plans s'effondrent en même temps que ces pierres autrefois chargées d'histoire.

– C'est une véritable catastrophe, murmure-t-elle, la gorge serrée. Cela explique peut-être l'absence de l'archéologue... Il a dû être averti de cette destruction.

Toutes ses heures de recherche, pour découvrir le souterrain, sont anéanties.

– Il avait d'autres priorités que de nous faire visiter le château, répond Jacques d'une voix sombre, le regard perdu dans les débris.

– Il doit être dévasté… souffle Diane avec tristesse. Il n'a même pas eu le temps de déclarer sa découverte aux monuments historiques. Comment retrouver l'emplacement de l'ouverture au milieu de ce fatras ?

Un silence pesant s'installe, lourd et oppressant, entrecoupé seulement par le croassement lugubre de corbeaux perchés aux alentours. Ils scrutent la scène de désolation, leurs yeux cherchant désespérément un indice, un signe, mais rien n'indique l'endroit où se trouvait la dalle. C'est comme si elle n'avait jamais existé.

– Tu n'avais pas pris de photos des lieux, demande Diane, la voix teintée d'espoir.

– Non… La présence de l'archéologue m'a fait oublier d'en prendre une, répond-il, son ton chargé de regret.

– Nous n'avons aucune preuve de l'existence de quoi que ce soit. C'était une erreur de ne pas en prendre, murmure Diane, le visage sombre.

Jacques, le regard rivé sur le bulldozer, serre les dents, se sentant coupable d'une négligence qu'il ne se pardonne pas.

– Pour une fois, j'ai failli. Et maintenant, que faire ?

– Je ne sais pas... souffle Diane. Notre beau projet d'exploration s'effondre comme les ruines sous ce bulldozer.

Ils restent silencieux, la stupéfaction leur a coupé la parole. Jacques, dont l'enthousiasme pour l'exploration du souterrain avait jusque-là tenu bon, sent une révolte bouillonner en lui. Sans dire un mot, il sort son téléphone et prend des photos de la scène de destruction, le bulldozer, les débris de pierres, les troncs d'arbres éparpillés. « À quoi ces images pourraient-elles bien servir ? » se demande-t-il, en prenant ces clichés.

– Je suppose que nous n'avons plus qu'à retourner à la voiture, dit-il finalement, la voix rauque d'amertume.

Ils font demi-tour, le cœur lourd, emportant avec eux une étrange sensation de frustration et de colère. Mais alors qu'ils s'éloignent, Diane s'arrête soudain, retenant Jacques par le bras.

– Nous allons interroger la patronne du restaurant, peut-être connaît-elle l'existence de ces travaux.

– Oui, puisque c'est sur la commune de Brousse.

– Retournons au restaurant pour en avoir le cœur net. Nous devons en savoir plus sur le chantier, dit Diane avec une détermination nouvelle.

De retour au village, l'air abattu, ils s'attablent à nouveau à la terrasse, l'air lourd de chaleur les enveloppe comme une couverture et ils savourent l'ombre accueillante du parasol. Les géraniums en pot apportent une touche de vie colorée qui contraste avec les murs gris du château.

La patronne, avec son sourire chaleureux et sa posture avenante, vient leur proposer une consommation.

– Alors, déjà de retour ?

Elle est toujours aussi charmante, mais une ombre passe sur son visage lorsqu'ils évoquent le sujet du chantier.

– Êtes-vous au courant des travaux entrepris sur la colline ? demande Diane, le cœur battant.

– Il faudrait interroger mon mari à ce sujet, répond-elle, un brin hésitante.

Peu après, le patron, un homme dans la cinquantaine avec des cheveux grisonnants et une allure décontractée, vient s'attabler auprès de Jacques et Diane. Il essuie ses mains sur son tablier et, après avoir jeté un coup d'œil inquiet à sa femme, il se penche un peu plus vers eux, visiblement curieux de leur conversation.

– Vous êtes les touristes de Réquista dit-il, un sourire chaleureux aux lèvres tandis que ses yeux trahissent un certain amusement.

Diane échange un regard avec Jacques avant de répondre, déterminée à obtenir des informations.

– Nous avons vu les travaux de terrassement effectués par le bulldozer sur la colline, non loin, et nous aimerions en savoir plus. Votre femme nous a conseillé de vous consulter.

Le patron fronce légèrement les sourcils.

– Ah, ce bulldozer... Une décision prise de longue date, vous savez. Il était prévu que les travaux commencent aujourd'hui. Le conseil municipal voulait faire de la place pour implanter des éoliennes et c'est le meilleur emplacement au sommet de la colline. Certains d'entre nous s'opposaient à la destruction des ruines.

– Pour quelle raison ? demande-t-elle, curieuse de découvrir son opinion sur le sujet.

Il hoche la tête et formule une réponse énigmatique.

– Oui, mais vous savez comment ça se passe dans un petit village. Les décisions se prennent à la suite d'un vote, certains voient dans l'implantation des éoliennes une source de profit, d'autres une source de nuisance.

Jacques, prend la parole à son tour.

– Pensez-vous que le souterrain ait été affecté par ces travaux ?

Le patron semble étonné.

– Le souterrain ? Mais quel souterrain ?

Son épouse qui passe avec un plateau lui souffle :

– Mais si, tu sais bien le souterrain …

Jacques se mord la lèvre, hésitant à en révéler davantage. Il avait promis de ne pas en parler, mais la curiosité le pousse à continuer.

– C'est Alain Nartraque qui nous en a parlé.

– Vous connaissez ce fou furieux ?

– Oui, pourquoi ? demande Jacques inquiet.

Le patron poursuit en regardant son épouse :

– On m'a rapporté que ce matin, les ouvriers chargés du chantier se sont vus menacés par cet homme, venu pour les déloger avec une arme à la main. Il était fou de rage, s'interposant devant le bulldozer pour l'empêcher d'avancer. Le chef de chantier a dû alerter la gendarmerie de Broquiès.

– Où est-il à présent ? demande Diane, les yeux écarquillés par cette révélation.

– En garde à vue. C'est un homme dangereux.

Jacques comprend mieux pourquoi la patronne a feint de ne pas le connaître.

– Mais que vous a-t-il dit sur ce souterrain ? Interroge le patron.

Diane fait signe à Jacques de continuer.

– Il avait découvert un souterrain qui partait du château et aboutissait aux ruines.

– C'étaient des histoires. Il ne savait pas ce qu'il disait, c'était un illuminé. Il s'était mis en tête qu'il y avait un fabuleux trésor caché dans le château. Personne ne l'écoutait.

Le patron réfléchit un instant, son regard se perdant dans le vide, comme s'il revivait des souvenirs lointains.

– Écoutez mon conseil, je pense qu'il serait judicieux de ne pas parler à personne de ce soi-disant souterrain. Vous pourriez vous faire des ennemis. Oubliez toute cette histoire.

Il les laisse et retourne à l'intérieur.

– C'est préférable, ajoute son épouse avec un sourire mystérieux, oubliez tout ça.

Jacques conclut tristement :

– Je pense que la commune a choisi de sacrifier l'intérêt historique au profit de l'implantation d'éoliennes sur la colline. Certains voient les éoliennes comme une opportunité économique, tandis que d'autres regrettent la perte de l'héritage historique. Cette question a dû entraîner des tensions au sein du conseil municipal.

– La découverte du souterrain aurait aussi perturbé la tranquillité du village en amenant des flots de touristes. Que va-t-il arriver à l'archéologue ? demande Diane.

– Il sera interné dans un hôpital psychiatrique jusqu'à ce qu'il retrouve la raison.

– C'est ce qui arrive à ceux qui disent avoir vu une soucoupe volante.

Ils se mettent à rire.

Alors qu'ils s'apprêtent à partir, la patronne les retient et leur dit :

– Vous n'avez pas oublié un sac tout à l'heure ?

– Non pourquoi ?

– Quelqu'un est venu déposer un sac au comptoir en disant qu'il l'avait trouvé.

– Allons voir, dit Jacques inquiet.

La patronne les précède jusqu'à l'intérieur :

– Voyez c'est ce sac à dos.

– Oui, c'est le mien, s'exclame Jacques, comment est-il arrivé ici, il était dans la voiture ?

– Je ne sais pas, soyez content de l'avoir retrouvé.

Diane est aussi étonnée que lui qui l'ouvre rapidement.

– Tout y est, bouteille d'eau, ma petite pelle, mais… il manque le portefeuille.

– Pas possible ! Qui pourrait l'avoir volé ?

– J'ai une petite idée sur la réponse, un complice de Nardtraque.

Ils se rapprochent de la voiture et constatent que le coffre est encore ouvert. Jacques l'ouvre, la pierre trouvée au moulin a aussi disparu.

– C'est trop fort ! Ai-je oublié de claquer le coffre en partant ?

– Cela ne te ressemble guère, tu fais toujours très attention.

– Quelqu'un a volé le document qui nous permettait d'accéder au trésor. Qu'allons-nous faire ?

Chapitre 15

Rattrapés par la réalité

Diane, les bras croisés, se tourne vers Jacques et dit, son ton empreint d'une lassitude teintée d'une légère ironie :

– Tu ne crois pas que cette histoire accapare un peu trop notre esprit ? On s'est laissé embarquer dans des délires, non ? N'en parlons plus, et passons à autre chose.

Jacques acquiesce, un sourire en coin, visiblement soulagé :

– Oui, tu as raison. Faisons comme si nous n'avions jamais croisé cet archéologue ni entendu parler du souterrain. Après tout, si on en parle à qui que ce soit, on risque de passer pour des insensés et de se retrouver en hôpital psychiatrique avec Nardtraque.

– À moins que nous allions confier le secret aux autorités compétentes, dit Diane songeuse.

– Tu veux dire aux Monuments historiques ?

– Pourquoi pas, ils pourraient entreprendre des fouilles à l'endroit que nous indiquerions.

– C'est un projet grandiose et s'ils ne trouvaient rien, nous passerions pour des affabulateurs.

Diane hoche la tête, presque amusée par leur propre crédulité.

– Cette histoire nous aura bien occupés pendant deux jours.

– On s'est emballés trop vite, admet Jacques en soupirant. C'est l'archéologue qui nous a dit que le document indiquait le lieu d'un trésor.

Diane réfléchit un instant, les yeux perdus dans le lointain, puis sourit doucement.

– Ce fou nous a induits en erreur. Il se fait tard. Rentrons, mais demain matin, j'aimerais bien qu'on passe à l'office de tourisme. Peut-être que l'hôtesse pourra nous suggérer d'autres circuits de randonnée, quelque chose d'un peu moins… extravagant.

Ils montent dans la voiture, l'ambiance est calme, presque mélancolique. Diane laisse son esprit vagabonder, repassant en silence la conversation qu'ils ont eue avec le patron du restaurant. Elle revoit sa moue confuse, son regard fuyant, et surtout, cette phrase à peine murmurée par son épouse : « Tu sais bien, le souterrain. » Cette remarque, captée par ses oreilles attentives, revient à présent troubler ses pensées. Il n'avait pas semblé être au courant de quoi que ce soit.

Elle repasse mentalement les événements des derniers jours. Depuis l'arrivée de Jacques, tout avait pris un tour inattendu. « D'abord le portefeuille, trouvé là, sous nos pas, comme par enchantement... Puis ce document énigmatique, et cette pièce ancienne. Templiers, trésor... qu'est-ce qui nous a fait croire à tout ça ? C'est Jacques, il s'est laissé emporter. Et moi, je l'ai suivi, prise au jeu, malgré moi. »

Elle sourit, amusée de leur naïveté, et pourtant un peu nostalgique de ce rêve d'aventure.

Lorsqu'ils rentrent enfin, Pierrette les attend dans le salon, jetant un coup d'œil curieux à leurs visages empreints de fatigue et de réflexion. Elle devine que quelque chose s'est passé, mais fidèle à elle-même, elle ne pose aucune question.

– Que diriez-vous d'un bon film ce soir ? propose-t-elle, brisant le silence de son ton enjoué. Ça nous ferait du bien à tous, non ?

– Pourquoi pas, répond Jacques. Quel film ?

– Le Comte de Monte Cristo. La dernière version.

Il échange un regard complice avec Diane et un sourire, cette fois plus sincère, éclaire son visage.

– Le Comte de Monte Cristo... ironique, non ? Encore un chercheur de trésor ! Mais oui, ça nous changera les idées. Allez, en route pour l'aventure... à l'écran cette fois !

Le mardi, vers dix heures, Jacques et Diane se dirigent vers l'office de tourisme situé à côté de la mairie. Sur la place, une statue de bronze représentant une brebis allaitant son agneau trône fièrement. Majestueuse, grandeur nature, elle rappelle à tous qu'ils se trouvent au cœur du pays du Roquefort. Jacques, appareil photo en main, s'absorbe dans la contemplation de cet emblème régional, capturant chaque détail sous divers angles. Ses yeux pétillent en observant le contraste entre cette scène intemporelle et une photographie ancienne de 1900, fixée sur un pied devant la mairie. La place n'a presque pas changé, mais il s'amuse à imaginer les villageois de l'époque vaquant à leurs occupations en tenue d'époque au temps où le bâtiment de la Mairie était l'école communale.

Pendant que Jacques s'attarde à l'extérieur, Diane entre dans l'office de tourisme. À peine a-t-elle franchi la porte qu'elle est accueillie chaleureusement par l'hôtesse, qui la connaît bien et lui lance un sourire complice.

— Alors, ce trésor ? demande-t-elle avec une pointe de malice dans la voix.

Interloquée, Diane fronce les sourcils et rétorque :

— Quel trésor ?

— Vous n'êtes pas à la recherche d'un trésor ? Avec votre ami ?

Diane n'a pas le temps de répondre qu'une autre voix s'élève derrière le comptoir. La présidente de l'office, alertée par la conversation, accourt et fait signe à l'hôtesse de se taire, un doigt pressé sur ses lèvres. Mais le mal est fait : Diane comprend soudainement que quelque chose cloche.

Elle croise les bras, fixant la présidente avec incrédulité :

– C'est vous qui avez tout manigancé ?

Un sourire désarmant s'affiche sur le visage de la présidente :

– Oui, avec l'aide de votre mère. Elle s'inquiétait que votre ami s'ennuie ici et regrette sa Bretagne aux paysages grandioses.

Diane reste bouche bée, tentant d'assimiler cette révélation.

– Ma mère... était dans le coup ? Mais comment avez-vous orchestré tout ça ?

La présidente éclate de rire et, d'un air satisfait, lui raconte :

– Grâce à Pierrette, nous avions une connaissance précise de votre emploi du temps. Elle nous tenait informés par SMS. Notre stagiaire de l'été vous suivait discrètement, juste assez pour s'assurer que tout se passait comme prévu. On savait que vous emprunteriez le chemin des pêcheurs, alors on a déconseillé ce sentier à tous les autres randonneurs pour que vous soyez seuls à découvrir le filet et le portefeuille. Ensuite, il n'y avait plus qu'à attendre.

Diane, abasourdie, se laisse tomber sur une chaise.

– Jacques... Il ne divaguait pas quand il disait que nous étions suivis. Et cette pièce ancienne ?

La présidente éclate de rire et lui indique un présentoir en verre à côté du comptoir.

– Elles sont en vente ici, dans notre boutique ! Une reproduction pour touristes, mais assez crédible pour une petite aventure, non ? Quant au souterrain...

– Le souterrain aussi ? reprend Diane, estomaquée.

– Un membre de notre troupe de théâtre, qui prépare une représentation du Songe d'une nuit d'été, a bien voulu jouer le jeu. Il s'est fait passer pour un archéologue, en vous racontant une histoire inventée de toutes pièces. Il s'est caché sous une dalle, prêt à vous émerveiller. Le trou était juste assez grand pour qu'il puisse s'y tenir assis. Nous l'avions surnommé « Nardtraque », autrement dit, « Traquenard ». Vous auriez dû voir son enthousiasme ! Il a parfaitement joué le jeu et vous avez cru dur comme fer à l'existence d'un souterrain. C'était parfait !

Diane, presque amusée, secoue la tête. Elle se tourne vers l'hôtesse, sa voix pleine de curiosité :

– Et la patronne du restaurant ? Et son mari ?

– Eux aussi étaient dans la confidence. Vous étiez entourés de complices, Diane. En fait, tout était orchestré... sauf les travaux de terrassement, bien sûr.

Diane passe une main sur son visage, encore éberluée par la complexité de cette mise en scène.

– Comment vais-je expliquer tout ça à Jacques ? murmure-t-elle, comme il va être déçu !

Mais elle n'a pas besoin de chercher longtemps. Derrière elle, des applaudissements ironiques se font entendre. Elle se retourne, pour découvrir Jacques, adossé à l'encadrement de la porte, un sourire amusé aux lèvres.

– Félicitations à l'équipe de l'office de tourisme ! lance-t-il en riant. Vous avez un sacré sens de l'humour… et de l'organisation !

La présidente hoche la tête, satisfaite.

– Tout cela, nous le devons à l'imagination de Pierrette. Ce n'est pas pour rien qu'elle en est à son quarante-cinquième roman. Elle a tout dirigé dans l'ombre.

Jacques éclate de rire, secouant la tête d'un air appréciateur.

– Ah, la sorcière ! Mais ne vous en faites pas, nous allons lui rendre la pareille, à notre façon.

L'hôtesse lui sourit, presque complice.

– Ne soyez pas trop durs avec elle. Tout ce qu'elle a fait, c'était pour rendre votre séjour inoubliable.

Jacques échange un regard complice avec Diane, un sourire satisfait sur les lèvres.

– Et bien, il l'aura été.

Chapitre 16

La farce de Jacques

Après la révélation de la supercherie par l'office de tourisme, Jacques et Diane échafaudent un plan pour jouer un bon tour à Pierrette.

En revenant chez elle, ils annoncent :

– Tu sais nous ne t'avons pas tout dit sur les découvertes que nous avons faites au cours de notre randonnée à Brousse.

– Ah ! bon dit Pierrette intriguée.

– Nous avons appris, poursuit Diane, qu'un souterrain menant du donjon du château jusqu'aux environs avait été découvert par un amateur. Je pense que cette grande nouvelle devrait être annoncée par la presse et nous comptons sur toi.

Pierrette interroge :

– Qui vous a raconté ça ?

– L'archéologue lui-même. Face à son enthousiasme débordant, nous lui avons promis de rendre publique l'existence du souterrain. Tu te rends compte de l'importance de cette révélation ? Les touristes vont affluer et cela fera une attraction de plus pour la région.

– Ne vous emballez pas, répond Pierrette l'air inquiet. Il faut des preuves de ce que vous avancez.

– Nous avons des photos, dit Jacques. Mon frère, connaît bien un responsable attaché à la conservation du patrimoine, il pourrait en parler dans sa revue. Il dirait que cette découverte a été mise au grand jour grâce à nous.

Pierrette retourne à la cuisine et fait semblant de sortir des assiettes du buffet. Elle ne se démonte pas et répond :

– C'est une excellente nouvelle pour notre région, une découverte fantastique, vous avez raison, il faut qu'elle soit connue du grand public. Je vais immédiatement avertir la direction de mon journal pour qu'elle envoie un journaliste sur les lieux. Il viendra vous interviewer puisque vous semblez bien renseignés. Je vais l'appeler tout de suite avant que la nouvelle ne s'ébruite.

Elle va dans son bureau pour faire un numéro.

Jacques et Diane se regardent un peu inquiets de la tournure que prend cette affaire. Pierrette appelle son correspondant et tout en lui parlant, elle se tourne vers eux :

– Vous êtes libres vers 15 heures, je confirme le rendez-vous, le sujet a l'air de l'intéresser.

Diane et Jacques ne savent quoi répondre, ils sont pris à leur propre piège, Pierrette a été plus maligne qu'eux.

Ils échangent un regard où se lit une légère panique. Ils se rendent compte que Pierrette est plus perspicace qu'ils ne l'avaient imaginé. Elle revient vers eux, un sourire malicieux aux lèvres, le téléphone encore en main.

– Voilà, c'est fait. Le journaliste, qui vient de Rodez, sera ici à 15 heures pour l'interview. Vous pourrez lui montrer les photos et tout ce que vous avez appris. J'ai hâte d'entendre votre version de l'histoire.

Son air satisfait en dit long, puis elle retourne dans la cuisine comme si de rien n'était, les laissant là, entre amusement et stupeur.

Jacques et Diane se regardent, cette fois, avec une véritable inquiétude. Leurs sourires se figent et une sensation de malaise s'installe. Ils n'avaient pas prévu que Pierrette jouerait leur jeu aussi sérieusement, encore moins qu'elle irait jusqu'à appeler un journaliste. Ils échangent des murmures paniqués :

Jacques murmure à Diane :

– On ferait mieux de tout lui dire, elle ne plaisante pas.

Diane, malgré le sérieux de la situation, éclate de rire :

– Ah, Jacques, elle nous a bien eus, tu ne trouves pas ? Peut-être qu'on est allé un peu trop loin.

– Qu'est-ce qu'on va lui dire ? murmure Jacques, les sourcils froncés.

– Je n'en ai aucune idée ! On n'a pas de photos, rien du tout ! répond Diane, la voix tremblante.

L'heure tourne, et chaque tic-tac de l'horloge semble les rapprocher de l'inévitable rendez-vous. Ils envisagent de partir discrètement, mais la perspective d'affronter Pierrette plus tard les retient. Finalement, Diane tente de rassurer Jacques :

– Écoute, on va inventer quelque chose. On prétend que l'archéologue nous a fait jurer le secret, que nous ne devrions même pas en parler.

Jacques hoche la tête, bien que visiblement peu convaincu. Il commence à regretter leur idée de farce.

L'heure du rendez-vous approche. Jacques et Diane se préparent, leurs cœurs battant à toute vitesse. Ils répètent nerveusement ce qu'ils pourraient dire, essayant de trouver des réponses plausibles aux questions du journaliste. Mais à mesure que les minutes passent, aucune voiture n'arrive. L'horloge affiche bientôt 15h30, puis 16h00. Toujours rien. Ils semblent soulagés, le journaliste ne viendra pas. Puis, la sonnette retentit, les faisant sursauter. Ils échangent un dernier regard paniqué, respirent profondément et se dirigent vers la porte pour accueillir le visiteur.

Le journaliste, un homme d'une cinquantaine d'années avec un carnet à la main et un sourire affable, les salue et leur serre la main. Il se met aussitôt à poser des questions précises :

– Alors, racontez-moi tout ! s'exclame-t-il. Pierrette m'a dit que vous aviez découvert quelque chose d'extraordinaire et je suis sûr que mes lecteurs vont adorer.

Jacques tente de garder son calme et son regard se tourne vers Diane, qui reste muette.

– Alors, ce souterrain, dites-moi, où se trouve exactement l'entrée ? L'archéologue vous a-t-il donné des détails sur sa découverte ?

Finalement, il bredouille :

– Eh bien... euh... oui, bien sûr... mais, vous savez, c'est... très confidentiel. On ne peut pas trop en dire, pour protéger le site...

Le journaliste le fixe d'un regard perçant :

– Ce n'est pas ce que m'a dit votre mère. Vous devez bien pouvoir partager quelques anecdotes ? Peut-être même des photos ? J'espère que vous ne m'avez fait parcourir 50 kilomètres pour rien.

Diane, qui commence à paniquer, prend alors la parole, une idée soudaine lui traverse l'esprit.

– En fait... l'archéologue nous a confié qu'il doit vérifier certaines preuves avant de rendre les découvertes publiques. Nous avons promis de ne rien dire tant que les tests scientifiques ne seraient pas terminés.

Le journaliste les scrute quelques instants, voyant leurs hésitations, il s'écrie avec un clin d'œil :

– Et si vous me montriez ces fameuses photos ? Pierrette m'a bien dit que vous aviez des preuves irréfutables !

Leur visage se décompose.

– Bon, on dirait que vous n'avez pas grand-chose à montrer, hein ? C'est dommage. On dirait que la région pourrait être à l'aube d'une grande révélation. Vous avez de la chance de faire partie de cette aventure !

Jacques et Diane, soulagés que le journaliste ne pousse pas plus loin, se détendent.

Sa réaction ne paraît pas naturelle à Jacques qui s'exclame : « J'ai tout compris ! » Et il murmure quelque chose à l'oreille de Diane qui ajoute « Mais oui, c'est bien ça ! »

Après son départ Pierrette les retrouve, un sourire malicieux aux lèvres.

– Alors, comment ça s'est passé ? L'interview s'était bien déroulée, vous n'avez rien laissé au hasard ?

Ils se regardent, et Diane ne répond pas.

– Quelque chose ne va pas ? demande Pierrette.

– Arrête ton manège, nous nous avouons vaincus, dit Diane.

– Qu'est-ce que tu racontes ?

– Tu as voulu nous faire peur avec ton faux journaliste.

Elle éclate de rire :

– Et çà vous apprendra de vouloir me faire marcher !

– Je me souviendrai longtemps de ce séjour à Réquista, ajoute Jacques.

Et ils rient, soulagés d'avoir échappé au pire, en se retrouvant pris à leur propre jeu. Une farce qui leur rappellera que, parfois, il vaut mieux ne pas jouer avec le feu, surtout quand on a en face de soi quelqu'un d'aussi rusé que Pierrette.

Table des chapitres

Chapitre 1 - Le départ……………………………….. 9
Chapitre 2 - L'arrivée à Réquista……………… 15
Chapitre 3 - À Lincou………………………….. 27
Chapitre 4 - Un beau village…………………… 33
Chapitre 5 - Le chemin des pêcheurs………….. 41
Chapitre 6 - Une trouvaille……………………... 55
Chapitre 7 - Le portefeuille……………………...... 63
Chapitre 8 - Brousse le Château……………….. 71
Chapitre 9 - L'inconnu…………………………. 83
Chapitre 10 - Les commentaires sur la journée.... 97
Chapitre 11 - Le vieux moulin………………….. 105
Chapitre 12 - Le dimanche…………………… 111
Chapitre 13 - Retour à Brousse……………….. 117
Chapitre 14 - La déception…………………….. 125
Chapitre 15 - Rattrapés par la réalité………….. 137
Chapitre 16 - La farce de Jacques…………….. 145

Productions de Pierrette Champon - Chirac
Chez Brumerge :

– Le Village fantôme (poésie)
– Le Rapporté
– La Porte mystérieuse
– En avant pour l'aventure
– Du paradis en enfer
– En avalant des kilomètres
– Délire tropical
– De Croxibi à la terre
– Des vies parallèles (propos recueillis)
– Profondes racines
– Cœurs retrouvés
– Apporte-moi des fleurs
– Le Manteau Fatal
– La vengeance du crocodile
– Vers un nouveau Destin
– La Canterelle
– Un certain ballon
– Le pique-nique
– Lettres à ma prof de français
– Une semaine éprouvante
– Revirement
– Rester ou partir ?
– Panique en forêt
– Reste chez nous
– Pour ne pas oublier
– Dans les pas du mensonge
– La poésie du quotidien
– Le trou n°5
– Étonnantes retrouvailles

- La rançon de la bonté
- Immersion en milieu rural
- Que la fête soit « bêle »
- Un étrange bouquet de roses
- Un séjour à la campagne
- Début de carrière mouvementé
- L'oncle surprise de Fanny
- Le secret du puits
- Les avatars d'une rencontre
- La surprise du premier emploi
- Rencontres tragiques
- Une vengeance bien orchestrée

Chez Books on Demand :

- Tragédie au moulin
- Pour quelques euros de plus
- Étrange découverte en forêt
- Les imprévus d'Halloween
- Fatale méprise
- Piégé par un roman
- La surprise du carreleur
- Dans les méandres de la nuit
- Un scénario bien orchestré
- Un nuage est passé
- Loin de la mer et des vagues

Albums photo aux Éditions le Luy de France

- Il était une fois Réquista (2012)
- Mémoire du Réquistanais Tome 1 et 2
- Réquista, retour vers le passé